日本語作文 II

中級後期から上級までの作文と論文作法

C&P 日本語教育・教材研究会編

専門教育出版　授權

鴻儒堂出版社　發行

ま　え　が　き

◆この教材のねらい

　日本語作文Ⅰで身近なトピックについての初歩的作文練習を重ね、原稿用紙の使い方、句読点の付け方、段落ごとのまとめ方など基礎的知識を習得した学生を対象とします。

　すなわち、中級後期から上級レベルの学生向けの教材であり、また短期間に大学・大学院進学準備としての論文の書き方の指導書にもなります。さらに、大学・大学院へ入学してからの各種レポート・論文を作成する際に、論理的な文を過不足なく書くための作法を、ステップを追いながら図式化して教えるテキストです。

　従って、この書は外国人学生のための作文作法テキストであるばかりでなく、日本人がより論理的な文を書く練習を、基本的なことから見直してみようという場合にも十分役立つと思われます。また日本語教師（またはそれを目指す人、特に作文指導をする先生）には、このように筋道をたてた勉強がぜひ必要でしょう。

　この書は教師の指導によるクラスワークにも、自習用にも使用できます。また作文以外にも、討論やディベートの教材としても使えるよう工夫されています。しかしながら、討論・ディベートなどで十分に口頭で意見交換をし、盛り上った内容を各自で最も興味を持ったポイントに焦点をしぼって作文にまとめるという、話す練習から書く練習へのステップが本書で意図された最も望ましい使い方です。（この点は「日本語作文Ⅰ」「日本語作文Ⅱ」に共通のねらいです。）

◆この教材の構成

Ⅰ．作文編

A．35 のトピック

　　身近ではあるが「日本語作文Ⅰ」に比べて、やゝ硬い抽象性のあるテーマ、また討論テーマとしても含みの多い発展性のあるもの、賛否両論にはっきり分かれるディベートテーマなどを扱っています。

B．進学準備のための作文の書き方

　　大学・大学院あるいは専門学校への進学を目前に控えて各進学先への願書の一部として書かなければならない「入学志望理由書」の類や入学試験の一部として指定されたテーマについて制限字数内に要旨をはっきりとまとめる練習などのためのページで

す。また作文例は志望分野別になっているので参考になるでしょう。

Ⅱ．論文編

A．わかりやすい文章を書くために（上級用作文論）

　　実際の作文練習にはいる前に、予備知識として、論理的文章（感情的に流れない、いわゆる乾いた文章）を書くための一般原則を段階を追って17のステップで詳しくわかりやすく解説します。さらに「だ・である、です・ますの使い方」「引用する」といった全般に通じる文章作法について述べてあります。

　　これは大学・大学院進学のための論文から、進学後に自分の専門分野の研究論文・レポート作成のための基礎作りまでを目指します。従って学生はもちろん、指導する教師の参考にもなります。

B．10 のトピック

　　「事実を描写する」「資料を論ずる」「論争をまとめる」など論文の目的や性格に応じた組み立て技術を10のトピックに即して実践的に身につけられるよう工夫されています。各トピックでは論文作成に必要なデータや論点が用意されているので、これらを基に討議や考えを進めて論文を書くことができます。

◆作文編　各課の構成

　「日本語作文Ⅰ」との共通点もかなりありますが、Ⅲ、Ⅳのような新しい項目を含んだ構成になっています。

Ⅰ　関連語句

Ⅱ　言い回し・文型

Ⅲ　討論テーマ（討論を展開させるための手がかり）

　　これは「日本語作文Ⅰ」の関連質問に代わるものです。クラスワークの場合はディスカッション・ディベートのトピックとなりますが、自習の場合は自問自答で自分の考えを展開させ箇条書きメモ等作成してから文章にまとめる練習です。

Ⅳ　作文に入る前の予備練習（6種類）

　　作文編 35のトピックを5〜6ずつグループに分けて、下記のような6種類の練習を試みます。

　　A．段落構成練習

　　　　起承転結の4段階の一部を前後に矛盾のないよう完成する練習。

　　B．要約練習

文字通り、長文の要旨を200字くらいにまとめる練習。

C．資料より作文へ

絵・イラスト・図表などを読みとって文にまとめる練習。

D．話し言葉より書き言葉へ

話し言葉と書き言葉の両者の違いを把握し、文体統一を徹底させる練習。

E．論点整理練習

一見バラバラに見える種々の意見を肯定的意見や反対意見、また賛否両論など同類項にまとめ、整理し、順序立てて文にまとめる練習。

F．推こう練習

a・表記の面　b．語い選択の面　c．文法面　d．構成面等のステップで推こうする。（作文例は適宜入れてあるが、「作文Ⅰ」のように各課全体には入れていません。）

Ⅴ．作文実践

上記の各段階をへて、討論テーマにそって話し合われた内容を自分の興味のあるポイントに焦点をしぼって制限字数（800字前後）にまとめる練習です。

◆論文編　各課の構成

関連語句・言い回し・文型討論トピック・作文例など、作文編と共通の項もあるが、論文の目的や性格に応じた資料の読みとりや背景説明文の読みなど、論文編独自の訓練も入っています。

◆本書の使い方

中上級用の口頭表現すなわち会話討論、ディベートの教材として使う場合は、Ⅰ．関連語句　Ⅱ．言い回し・文型をへて、Ⅲ．討論テーマを話し合えばよいと思います。

また、例文や資料なを読んでから、話し合うのもよいでしょう。作文・論文実践の教材としては、Ⅰ～Ⅴのステップを踏んでいけば、話す練習から書く練習へと発展させ、二つのスキルを補い合って、実力養成につながると思います。

また、Ⅳの練習は6種類あるので、あきずに進められると思いますが、順序にこだわらずトピックによって、あるいは練習の種類に合わせて自由に選択しても使えます。

なお、巻末の補助トピック50は、補助教材作成のため、あるいは日本語教師を目指す方の教材作成練習の材料としてご利用下さい。

目　次

I. 作文編

A．35のトピック

1．マスコミ

I．関連語句

マス・コミュニケーション　マス・メディア　情報伝達　テレビ　新聞　ラジオ　雑誌　本　ニューメディア　CNN(ケーブル・ニュース・ネットワーク)　CATV(ケーブル・テレビ)　アート・シアター　映画　（大衆／映像／音響)文化　（映像／活字／視聴覚)メディア　（ニュース／知識／娯楽)情報　ジャーナリズム　報道　言論　日曜版　高級紙　大衆紙　タブロイド版　夕刊　マンガ　VTR　クラシック音楽　ラジカセ　カラオケ　ビートルズ　フォーク　ロック　ニューミュージック　レーザーディスク　CD　電子キーボード　シンセサイザー　ステレオ　ラジオのディスク・ジョッキー　CM　劇画　芸能　絵画　写真　イラスト　アニメ　メッセージ　衛星放送　テレビ電話　パソコン通信　UFO　コンピューター　広告　色づく　煽<ruby>る<rt>あお</rt></ruby>

II．言い回し・文型

1．〜化（する／している／した）

    a．商品の流行やブームは、個性的なものからいったん大衆化へうつり、現在は逆行している。

    b．マンガは活字メディアを映像化したものである。

    c．政府は先進国からの圧力で、やっと自由化にふみきった。

2．〜ざるをえない

    a．あの人はよく働くので、ボーナスをあげざるをえない。

    b．21世紀にむかって生活設計を変えざるをえない。

    c．製品販売を伸ばすため広告せざるをえない。

3．〜かもしれない

    a．あれはUFOかもしれない。

    b．ボストンで会議があるかもしれない。

    c．あしたは暑いかもしれない。

Ⅲ．討論テーマ

　下記のデータ１〜５の各々についてあなたの意見を述べなさい。

　　１．余暇の過ごしかたとしてマス・メディアの中ではテレビを見ている時間は、日本国民全体で54％（男　49％、女　58％）　次、ラジオ11％、新聞10％、レジャー活動10％

　　２．テレビ平均視聴率、夜８時半　47.2％、夜９時　46％、夜９時半　43.9％

　　３．テレビの視聴理由、（１）世の中の動きや、世界の出来事を知るため　65％、（２）疲れや気分をほぐすため　45％、（３）面白い番組を楽しむため　42％

　　４．「広告」の目的、（１）宣伝　81.8％、（２）販売競争　64.2％、（３）バーゲン　53.2％、（４）新製品　51.2％。——カテゴリー別では、（１）経済　54.7％、（２）社会　17.1％、（３）生活　16.7％、（４）ムード　11.5％

　　５．大学生がよく読む雑誌、１位　少年チャンピオン、２位　週刊プレイボーイ、３位　少年マガジン、４位　ぴあ、５位　少年サンデー

Ⅳ．段落構成練習　下記１、２、３に続けて、全体に予盾のないように段落３を追加して完成しなさい。

　　１．現代新聞のニュースの読物化——即ち娯楽的、情緒的に色づけられたニュース報道——は大衆週刊誌の記事傾向に新聞が刺激されて対抗する結果の現象といわれる。また「かたい」だけでは販売力が伸びないし、大衆紙にもあおられてしまう。今日の新聞は政治、経済、社会、芸能、文化、スポーツなどの領域のニュースから、小説、漫画、テレビ・ラジオ欄、クイズ、占いなどまで多様化している。あまりにも盛りだくさんで、各新聞の特徴がだんだんなくなってきている。

　　２．パフォーマンスは従来の「見る」「聞く」の受動行為ばかりでなく、「演じる」「作る」の能動的、積極的行為を言うが、あなたはビデオ作品や、映像や音響を使って何か作ったことがありますか。またパフォーマンスを言語表現に活用して、普通の人には全然通じない特殊なコミュニケーションをしている。どう思いますか。

　　３．大衆文化と現代の若人たちについて考察してみると

Ⅴ．Ⅲの内容とⅣの練習事項を生かして作文しなさい。（800字）

２．余暇活用法

Ⅰ．関連語句

（有給／年次）休暇　過休二日制　（盆／正月）休み　ストレス（がたまる／を晴らす）　骨休め　息ぬき　連休　行楽地　海水浴場　人混み　混雑　満員　マイカー・ラッシュ　交通渋帯　帰省列車　じゅずつなぎ　（家族／団体／グループ／国内／国外）旅行　一人旅　周遊券　日帰り　〜泊〜日　スケジュール　レジャー（産業／施設）　（スポーツ／カルチャー）センター　粗大ゴミ　家庭サービス　過密　時間のやりくり（をする）　ゆとり（がない）　ボランティア活動　生涯学習　豊かさ　金あまり　手持ち無沙汰　退屈（する）　暇をもてあます　〜に飽きる　（道路が）混む／空く　有効に使う　〜を（無駄／台無し）にする　どっと（繰り出す／疲れが出る）　どこもかしこも　われもわれもと　のんびり　一斉に　わざわざ

Ⅱ．言い回し・文型

１．まるで〜ようだ。

　　ａ．海水浴場はどこも大変な人出で、まるで芋を洗うようです。

　　ｂ．あの人はまるで魚のように上手に泳ぎます。

　　ｃ．連休中は日本中が大移動する。まるで盆と正月が一緒に来たようだ。

２．〜より〜方が……

　　ａ．あなたは家庭より会社の方が大切なんですか。

　　ｂ．わざわざ人混みの中へ出かけていくより、家でゴロ寝している方がいい。

　　ｃ．金銭的余裕より時間的ゆとりの方が私にはずっと貴重に思えます。

３．〜にくい

　　ａ．頼みにくいのだが、行楽資金を少し融通してもらえないか。

　　ｂ．自分だけ怠けるようで、なかなか有給休暇がとりにくい。

　　ｃ．ペットを飼っていると、泊まりがけの旅行には出かけにくいものです。

４．〜とは言えない

　　ａ．他人がするから自分もするというのでは、主体性があるとは言えない。

　　ｂ．余暇の活用法が討論されるようでは、まだまだ余暇時代とは言えない。

　　ｃ．お金をかけなくては楽しめないのでは、本物の余暇とは言えないと思う。

Ⅲ．討論テーマ

1．あなたの国のサラリーマンの年次休暇は平均何日間ですか。

2．彼らは夏休みをまとめて何日ぐらいとり、どのように過ごしていますか。

3．連休になると一斉にどっと行楽地に繰り出す日本人をどう思いますか。

4．反対に、一日中テレビを見てゴロゴロしている人達をどう思いますか。

5．余暇とは本来どんなものだと思いますか。あなたの考えを述べなさい。

Ⅳ．段落構成練習　下の空欄を埋めて文章を完成しなさい。

　あなたを遊び上手と認めます——夏休みの一週間まとめどり運動を展開している電力労連では、この七月五日に東京で開くシンポジウムで、素晴らしい余暇活用法を実施している組合員を表彰する。

　せっかく休みがあっても何をしていいかわからず、ゴロゴロしているだけの「働きバチ」が多いなかで、旅館の送迎バスを格安で借りてグループ旅行を楽しんだり、子供に「学校休暇」を取らせて親子親睦レジャーに出かけるなど、ユニークなものが多かった。

　たとえば「格安富士登山」を実施した福島支部の上野さん。家族旅行もいいが、一家族だけでは高くつくというので、社内で「富士山ツアー」を募集したところ、大人19人、子供4人が集まった。大所帯で出かけるメリットは、

　　　　　　　　　　　　　　　　　　　　　　　　　　などなど数えきれないほど多いことがわかったという。

　会長賞に選ばれたのは中京分会の中川さん。週休二日制になって時間をもて余し、奥さんから「何かやることはないの」と粗大ゴミ扱いされる典型的な「働きバチ」だった。それが、白山に登ったのをきっかけに山の魅力にとりつかれ、さまざまな楽しみを発見した。たとえば

　　　　　　　　　　　　　　　　　　　　　　　　　　などなど。

「旅び上手」20人の余暇活用法は近く「13万人ゆとりプラン」と題する小冊子になる。

Ⅴ．Ⅲの内容とⅣの練習事項を生かして作文しなさい。（800字）

3．日本の伝統文化にふれて

I．関連語句

伝統(文化／芸術／工芸／演劇／芸能)　古典芸能　(市民／町人／下町)文化　無形文化財　町人　職人　国技　相撲　能　狂言　文楽　日本舞踊　茶道　華道　書道　邦楽　家元制度　弟子　後継者　世襲　芝居　近代劇　俳優　男優　女優　歌舞伎　阿国歌舞伎　女形　おやま　くまどり　伴奏　三味線　回り舞台　花道　江戸庶民　生け花　(お)茶会　わび茶　千利休　隆盛　伝承(する)　流行(する)　密着(する)　創造(する)　継承(する)　発展(する)　大成(する)　きらびやか(な)　形式的(な)　表面的(な)　質素(な)　ぜいたく(な)　誇る　学ぶ　舞う　～をもたらす　～をまねる　影響をうける　～の支持を受ける　関心をもつ　心がやすまる　心にしみる　心を奪う　身につく　～に発する　花開く　洗練された　いわゆる

II．言い回し・文型

1．～はもちろん

　　a．歌舞伎は日本はもちろん、今日では世界中で高い評価を得ている。

　　b．伝統文化には、民族性、地域性、風習などはもちろん、歴史的背景も大きな影響を与えている。

　　c．彼はひらがな、カタカナの読み書きはもちろん、漢字も千字くらいは知っている。

2．～を通して

　　a．再現された家々を通して、当時の江戸庶民の生活がうかがえる。

　　b．歌舞伎を通して、その当時の社会の様子を学ぶことが出来る。

　　c．電話交換手（オペレーター）を通して、故郷へ国際電話をかける。

3．身につく

　　a．けいこを通じて、謙虚な心と無駄のない動作を身につける。

　　b．語学は、学問としてだけでなく、生活で使える身についた言葉として学ぼう。

　　c．一度身についたぜいたくは、仲々直すことがむずかしい。

Ⅲ．討論テーマ

1．日本に留学後、どんな伝統文化に接する機会があったか、感想を述べなさい。

2．伝統文化というものは、常にどのように保護され、また発展してきたでしょうか。
　具体的に一つを上げて意見を述べなさい。

3．日本の伝統文化は宗教や、他国の影響を受けたことは、もちろん
　ですが、どんなところにアジアらしさ、日本らしさを感じますか。

4．あなたの国には、どんな伝統文化がありますか。

5．日本の文化との相違点、類似点について話し合いなさい。

Ⅳ．段落構成練習　下の文の続き＝転の部分を自分で書いてみよう。

起（読者に関心をもたせる）

　私は茶道はもちろん、日本文化についても、ほとんど知識がなかった。千利休も同じことだ。しかし母語であるドイツ語に訳された、千利休の「茶の心」を読んでいくうちに、私は彼について興味を持つようになり、勉強してみたいと思った。

承（起の上にさらに話を続け展開させる）

　目の前で行われている茶道のお点前は流れるような動作で一つも無駄がない。私はその洗練された動きをとても美しいと思った。そして暑い夏は涼しく、冬は暖かく、花は野に咲くように自然に生け、また人を心からもてなすという茶の心にふれた時、私は深く感動した。

転（話題を変える／さらに内容をくわしく続ける）

結（まとめる）

　自分の将来のために頑張っている留学生の私たちは、毎日とても忙しく精神的に緊張している。しかし茶道に接することが出来て、今日一日本当に心安まる気がした。

Ⅴ．Ⅲの内容とⅣの練習事項を生かして作文しなさい。（800字）

４．科学の進歩と人間

Ⅰ．関連語句

文明　道具　機械　ロボット　コンピューター　頭脳　知恵　理性　利益　産業革命　蒸気機関車　動力　発電　電力　水力　火力　原子力　燃料　エネルギー　資源　宇宙開発　人工衛星　ロケット　設備　好奇心　興味　天然　自然　人工　平和　恩恵　科学者　文明の利器　技術革新　幸福　不幸　生態系　危機　バランス（をとる／がくずれる／を失う）　発達（する）　利用（する）　建設（する）　破壊（する）　発明（する）　研究（する）　探究（する）　追求（する）　開発（する）　支配（する）　創造（する）　実験（する）　分析（する）　工夫（する）　操作（する）　反省（する）　賢い　おろか（な）　味気ない　人間味のある　もたらす　滅びる　打ち上げる　～そのもの　おそれがある　思い通りに

Ⅱ．言い回し・文型

１．バランス（がくずれる／を失う）

  ａ．栄養のバランスがくずれると、病気になる。

  ｂ．環境破壊によって、生態系のバランスがくずれないかと心配だ。

  ｃ．自然がバランスを失ったら、いったい地球はどうなるのだろう。

２．～そのもの

  ａ．金そのものが悪いのではない。

  ｂ．計画そのものはよいのだが、予算がない。

  ｃ．科学が進歩することそのものに問題があるのではない。

３．～おそれがある

  ａ．台風が近づいているから、大雨のおそれがある。

  ｂ．科学の発達が、人間に不幸をもたらすおそれがあるのではないか。

  ｃ．このままでは、地球上から石油がなくなるおそれがある。

４．思い通りに

  ａ．彼は自分の思い通りにならないと、すぐ怒りだす。

  ｂ．何もかも、自分の思い通りになるわけではない。

  ｃ．人間は自然を支配して、思い通りに操作しようとしている。

Ⅲ．討論テーマ

1．科学の進歩の歴史について、意見をまとめなさい。

2．人間は科学の発達から、どんな恩恵を受けていると思いますか。

3．あなたは科学の進歩に対して、楽観的ですか、悲観的ですか。

4．科学の進歩は、はたして人間に幸福をもたらすと思いますか。

5．科学が進歩するにつれて、社会的にどんな問題が起こってきましたか。

Ⅳ．段落構成練習　次の文章の第三段落を、あなたの言葉で書いてみよう。

　高度に発達した科学技術から、現代人はさまざまな恩恵を受けている。昔の科学者たちが好奇心や探究心から発見した知識を利用して、より便利な生活を追求してきた。現代社会と科学のつながりは切り離せないものになっており、たとえばわずか10分間の停電でも社会生活にかなりの混乱が見られることでもわかる。

　ところで、人間にとって科学の発達とは、いったいどんな意味があるのだろう。現在のような文明社会が作り上げられたことは、人類にとって幸福なのであろうか、それとも不幸なのであろうか。また、この問いに対して楽観的な考えを持つ人は、はたしてどれほどいるのだろうか。

（第三段落）

　このように、科学の進歩は便利さを提供している反面、自然や人間を危機的な状態に近づけていると言うことができる。科学が進歩することそのものに問題があるのではないと思う。むしろ、それを利用する人間が、自己の利益の追求よりも大切なことについて、どれだけ真剣に考えているかが重要であろう。

Ⅴ．Ⅲの内容とⅣの練習事項を生かして作文しなさい。（800字）

5．図書館

Ⅰ．関連語句

国立国会図書館　アメリカ(議会図書館／国立公文書館)　大英博物館　フランス国立図書館　(学校／研究／公共／特殊／点字)図書館　(政府／逐次)刊行物　白書もの　大蔵省印刷局　ＧＰＯ(ガバメント・プリンティング・オフィス)　書(物／籍／誌／庫)　文(庫／献)　古書(街)　珍本　学術論文　児童図書　レコード　テープ　マイクロ(フィルム／フィッシュ／オペーク)　レファレンス応答　図書館学　参考図書　辞典　年鑑　便覧　全国電話帳　地図　(憲政／法令／議会／新聞切抜)資料　(初／再／増補／絶／複刻／海賊)版　(叢／選)書　著作権　(著者名／書名／題名)目録　閲覧コピー　貸出し　書架　司書　ブック・モービル(文庫巡回車)　ＮＤＬコンピュートピア(全国図書館ネットワーク)　寄贈蔵書　楽譜　映画フィルム　図書館協会　ＡＬＡ(アメリカ図書館協会)

Ⅱ．言い回し・文型

1．～てきて／～てきておいて～

  a．本を返してきてください。

  b．地図をもってきてあげましょう。

  c．デパートから果物を買ってきておいてください。

2．～たら～　(条件)

  a．アメリカへ行ったらワシントンの議会図書館をたずねたいです。

  b．コピーをとったら返します。

  c．旅行から帰って来たら、電話します。

3．～れる／られる／可能動詞　(可能)

  a．あの人はバイオリンが弾けます。

  b．図書館のカフェテリアで食べられます。

  c．法令議会資料は借りられません。

Ⅲ．討論テーマ

1．学校図書館、公共図書館、会社や企業団体にある図書館をくらべてみて、共通点や

　　　相異点を言いなさい。

　２．図書館に外国の新聞や雑誌や本がありますか。あるとしたら、どういう種類のもの
　　　が、どのくらいありますか。

　３．これから出版物はふえる一方で、国会図書館も書庫がたりなくて困まっているよう
　　　ですが、どんな解決策がありますか。

　４．あなたの国で手に入らない文献などはどうやって取りよせますか。

　５．図書館は本来の機能の外に、地域社会での文化活動、例えば講演会、学習会、コン
　　　サート、映画、演劇の会などを催したりしています。あなたの国ではどうですか。

Ⅳ．**段落構成練習　下記１、２、３に続けて全体に矛盾のないように、最後の段落４を自**
　　　分で追加し、完成しなさい。（追加段落　200～300字）

　１．人間が紙を作り、写本をしていた時代から、グーテンベルグの印刷機（1445年）や、
　　　他の活字印刷機の発明のおかげで、本は迅速に何千冊、何万冊も印刷されるようになっ
　　　た。ということは、それまで少ない部数の本で、文字を読める人達だけにしか与えら
　　　れなかった知識や情報は、一挙に大勢の人に広く行きわたった。このことは、教育の
　　　普及と合わせて活字メディアの文化を発達させた。

　２．オーディオ器具の発達により、メディアは目から耳へ、即ちビジュアルから聴く方
　　　へと移り、やがてオーディオとビジュアルの二つをあわせた視聴覚メディアへと行き
　　　着いた。図書館もニーズに答えて、マイクロフィルム化したものだけでなく、ＶＴＲ、
　　　ＣＡＩ（コンピューター・アシステッド・インストラクション）を使って受け手方向
　　　の情報入手と、質問に答えることができる送り手も兼ねる設備をもうけている。

　３．アメリカなどでは20年ぐらい以前に"セルフ・スタディ"としてコンピューターを
　　　使って勉強する方法が開発され、学校と図書館と協力して学習効果をあげている。

　４．

Ⅴ．**Ⅲの内容とⅣの練習事項を生かして作文しなさい。（600字）**

６．助け合い

Ⅰ．関連語句

社会　世の中　都会　いなか　人情　ゆとり　勇気　孤独　思いやり　体験　経験　事故　無事　手助け(する)　世話(をする/になる)　相談(する)　実行(する)　反省(する)　感激(する)　注意(する)　後悔(する)　苦労(する)　同情(する)　案内(する)　心配(する)　落し物/忘れ物(をする)　うっかり(する)　御礼を(する/言う)　心細い　親切　助ける　喜ぶ　恥ずかしい　育てる　悩む　気づく　ささえる　困る　手伝う　頼む　悔やむ　心を配る　目を向ける　連体感(をもつ)　道に迷う　助けを求める　心が(あたたまる/豊かになる)　気分が悪い　病気になる　迷惑(をかける)　思いとどまる　あせる　無理(をする)　危うく(〜する)　不安(になる)　〜をゆずる　〜を受ける　〜おかげで

Ⅱ．言い回し・文型

1．〜は/が〜と違って/違うのは〜

  a．人間が動物と違うのは、心を持っていることです。

  b．主人が私と違うのは、人を助けることが大好きだという点です。

  c．いなかは都会と違って、まだ人情が生活に生きています。

2．〜一方だ

  a．最近の社会では人間関係は冷たくなる一方です。

  b．昔はあたり前だった助け合いの精神も今は減る一方です。

  c．円高の影響で日本からの観光客は増える一方です。

3．〜ほど〜ない

  a．自分が生まれ育ったふるさとほどいい所は世界中さがしてもありません。

  b．困った時に親切にされるほどうれしいものはありません。

  c．小さな親切をして喜ばれた時ほど、心が豊かになる時はありません。

Ⅲ．討論テーマ

1．他の人に親切にしたり、助けてあげたりした体験について話しなさい。

2．逆に、困った時に親切にされたり、助けてもらった体験についても話しなさい。

3．日本ではどのような体験をしましたか。

4．それらの体験はあなたにどんなことを考えさせましたか。

5．日本人は親切だと思いますか、不親切だと思いますか。

6．都会といなかと比べて、人情はどう違いますか。

7．あなたは「助け合い」についてどういう意見を持っていますか。

Ⅳ．段落構成練習　下の１、２、３の手順をふんでから、４の作文例の最後のまとめ（結）の部分を考えて書きなさい。

1．討論内容の例

(1)　国にいる時、日本からの観光客が言葉が通じなくて困っていたので助けてあげた。ホテルまで連れて行ってあげたり、街の中を案内してあげたりして喜ばれた。

(2)　ヨーロッパを一人旅していた時、道に迷って大変困った。その時、警察の人がパトカーに乗せて目的地まで送ってくれた。一生忘れられない思い出だ。

(3)　日本へ着いたばかりの時、大きな荷物が一人で運べなくて困っていた所を、二人の若い女性が一緒に荷物を持って、タクシー乗り場まで送ってくれた。

(4)　人に親切にされた時のうれしさを知っている人なら、人が困っているのを黙って見過ごすことは出来ないはずだ。そして人を助ければ何よりも自分自身が心が豊かになってうれしい。それが人間の人情ではないだろうか。

(5)　郵便局、銀行、デパートなどで受ける印象から、日本人は親切だと思う。中には不親切な人もいるが、それはどこの国でも同じである。

(6)　都会では誰もが生活に忙しく、他の人を思いやる心のゆとりもないし、他人の生活には無関心である。いなかの方が人情は残っている。

(7)　人間が社会生活をしているということは、すでにいろいろな人の世話になっている。人間は一人では生きて行けないのだ。助け合いの気持ちは社会生活を潤いのあるものにし、住みやすい社会をつくる。

2．討論内容の中から、中心としたい内容をいくつかまとめてみる。

(1)　人間は誰でも困ったり悩んだりした経験をもっているということ。

(2)　ヨーロッパで一人旅していて道に迷い、助けてもらった体験。

(3)　国で日本人観光客が困っているのを助けてあげて、大変喜ばれた体験。

(4)　日本で親切にしてもらった体験。

(5)　それらの体験を通じて考えさせられたこと。

(6)　「助け合い」についての自分の意見。

　3．上記の内容をさらに四つの段落で構成する

(1)　書き出し（起）人間は誰でも困ったり悩んだりした経験を持っている。

(2)　展　開　1（承）ヨーロッパで一人旅をしていた時の体験。

(3)　展　開　2（転）その体験を通じて考えさせられたこと。

(4)　ま　と　め（結）「助け合い」についての自分の意見。

　4．作文例　上の討論内容を四段落に構成し、書いたもの。まとめ（結）の部分を考えて
　　書きなさい。

(1)　人の助けなど必要ないと思って生きている人もいるようだが、本当にそうだろうか。
　　人間はどんな人でも困ってどうにもならないという経験を持っていると思う。

(2)　私は10代の頃、ヨーロッパ13か国を一人旅したことがあった。3分の1くらいまで
　　は頑張って旅行したのだが、国内と違って外国では言葉の問題もあり、一人旅は難し
　　く団体旅行に入ることにした。その集合場所がドイツのハイデルベルクだった。とこ
　　ろが私はドイツ語が全然わからない。何度人に道を聞いてもすぐまた迷ってしまう、
　　という繰り返しで、不安はつのる一方であった。そこへパトロールをしていた警察官
　　が、外国人では仕方がないと思ったのか、パトカーで目的地まで送ってくれたのだ。

(3)　生まれて初めての一人旅。しかも知らない土地で途方にくれているハイティーン
　　ギャルを想像してほしい。道に倒れて大声で泣きたい心境だったのである。相手の
　　ちょっとした心使いが困っている本人にはどんなにうれしいことか、つくづくそれを
　　知った。そして親切にされた時のうれしさを経験した者は、逆に困っている人を見たら
　　黙って見過すことが出来なくなる。それに何よりも人を助ければ自分自身の心が豊か
　　になり、人の世話をした喜びで一杯になる。それが人情というものではないだろうか。

(4)

Ⅴ．Ⅲの内容とⅣの練習事項を生かして作文しなさい。（800字）

7．団らん（家族のあり方）

Ⅰ．関連語句

団らん　家族　核家族(化)　大家族　家族連れ　立場　思い出　ふるさと　温かさ　会話　習慣　独り　姿　場面　愛情　関心　意味　関係　姿勢　絆(きずな)　つながり　老夫婦　若夫婦　機会　構成(する)　認識(する)　理解(する)　相談(する)　解消(する)　自己中心的　さびしい　懐しい　厳しい　にぎやか(な)　貴重(な)　幸福(な)　必要(な)　久しぶり　揃う　思い出す　過ごす　見かける　別れる　気づく　伴う　生きる　暮らす　尽くす　囲む　陥る　悩む　与える　もらう　失う　分け合う　見直す　支える　励ます　対話(がある／をする／をもつ)　(～を)ともにする

Ⅱ．言い回し・文型

1．～さえ～ば～

 ａ．自分達さえ楽しければ、という考えは自己中心的である。

 ｂ．ただ一緒に住んでさえいれば、家族と呼べるのだろうか。

 ｃ．互いに少しでも関心を持ち合いさえすれば、そこに対話が生まれてくる。

2．どう～か～

 ａ．この問題をどうとらえるか各自で考えねばならない。

 ｂ．家族でどう団らんを持つか、いつも話し合っている。

 ｃ．同じ話題でもどう話すかで相手の反応も違ってくる。

3．～というのは～ものである

 ａ．家族というのは互いに支え合い、励まし合うものである。

 ｂ．ふるさとというのは、何十年経っても自分の心の中ではいつまでも変らないものである。

 ｃ．家族の心の絆というのは、離れていても切れるものではない。

Ⅲ．討論テーマ

1．「団らん」という言葉からどんなことが浮かんできますか。

 ⑴　子供の時の思い出から。⑵　今の自分の家庭から。⑶　一般的・社会的場面から。

2．あなたの国、家庭では「団らん」を大切にしていますか。

3．「団らん」とは私達が生活していく上でどういう働きをしているでしょうか。

4．あなたにとって「団らん」とはどういう意味を持っていますか。

5．核家族化が進み、個人の楽しみを追求する傾向が強い現代社会で、これからの「団らん」はどのように変わっていくでしょうか。

6．家族のつながりとは、どうあるべきだと考えますか。

Ⅳ．要約練習　下の1、2、3の手順をふんでから全体の要旨を200字以内にまとめなさい。

1．次の作文例を段落に注意して読みなさい。

「団らんの主人公は」　　　　韓国　女性（25歳）（学習歴2年）

(1)a　この頃休日などで外で食事をする時、家族単位で楽しい時間を過ごしている場面をよく見かける。家族そろって楽しく食事をしているところや、この楽しさを、いつまでも残そうと写真に撮っているところを見ると、こちらの気持ちまでも楽しくなってくる。

　b　しかしそうした光景を見て一つ感じるのは、その楽しい場面の主人公となるのはいつも幼い子供を伴った若い親であると、いうことだ。成人した子供たちと楽しく過ごす年老いた「おじいさん」「おばあさん」の姿はほとんど見かけられない。あるのは淋しい二人だけの老夫婦の姿ばかりである。

(2)　その老夫婦も昔は自分の子供たちと一緒だったかもしれない。むろん、その老夫婦の家庭にも今、団らんはあるだろう。が、昔の団らんと違うのは自分達が年老いて本当に子供達に一緒に居て欲しい今、子供は「自分の楽しみ」「自分だけの時間」のために離れていって、そばにはいないということなのだ。核家族化が進んだ現代社会では、このような現象は当然なこととして、うける傾向さえある。時代に遅れて話の通じない親と過ごすことはつまらないだろう。さらに人は誰もが、「与える」ことより「もらう」ことに慣れている。家族の間ではなおさらであって昔、自分が親からもらった「幸福な生活」の価値に気づかないのだ。

(3)　しかし団らんというのは、相手がいるから出来るものである。家族の構成員が互いに関心と愛情を持ち、互いに理解し合うこと、これが一番大切である。「団らん」とは「家族全員」が一つの単位で成立されるものであろう。

(4)　私もいつのまにか大人になった。人間が空気の存在を改めて感じないように、私も「恵まれた団らん」に気付かないまま成長して来てしまった。その時代の団らん

の主人公は今は老人となった父母だった。

　冬ももう過ぎていく。きれいな花が知らせる春の便りを楽しみながら、改めて思うのである。

　「これからの時代、団らんの主人公は果たして誰になるのであろうか。」

　2．上の作文例は大きく分けて四つの段落から成っている。

　　各段落の内容を二行程度にまとめなさい。　　＿＿＿＿＿＿の部分を完成させなさい。

書き出し
　　(1)— a　外で見かける家族れ＿＿＿＿＿＿＿＿＿＿＿＿＿＿＿＿＿＿＿＿＿＿

　　　　b　その場面の主人公＿＿＿＿＿＿＿＿＿＿＿＿＿＿＿＿＿＿＿＿＿＿

展　　開
　　(2)　核家族化が進んだ現代の団らん＿＿＿＿＿＿＿＿＿＿＿＿＿＿＿＿
　　　＿＿＿＿＿＿＿＿＿＿＿＿＿＿＿＿＿＿＿＿＿＿＿＿＿＿＿＿＿＿＿＿＿＿
　　(3)真の団らん＿＿＿＿＿＿＿＿＿＿＿＿＿＿＿＿＿＿＿＿＿＿＿＿＿＿＿＿
　　　＿＿＿＿＿＿＿＿＿＿＿＿＿＿＿＿＿＿＿＿＿＿＿＿＿＿＿＿＿＿＿＿＿＿

結　　び　　(4)　これからの時代＿＿＿＿＿＿＿＿＿＿＿＿＿＿＿＿＿＿＿＿＿＿＿＿＿
　　　＿＿＿＿＿＿＿＿＿＿＿＿＿＿＿＿＿＿＿＿＿＿＿＿＿＿＿＿＿＿＿＿＿＿

　3．「書き出し」と「結び」の段落にどのような工夫がされているか、考えなさい。

Ⅴ．Ⅲの内容とⅣの練習事項を生かして作文しなさい。（800字）

8．時は金なり

Ⅰ．関連語句

国債　（証／債）券　株(式／価／主)　取引所　兜町　ウォール街　シティー　相場　金融　銀行　通貨　ＩＭＦ(国際通貨基金)　為替　財政　円高　ＧＮＰ(国民総生産)　シェア　ストック　ダウ・ジョーンズ(平均値)　金利　財テク　（割／値)引　手形　小切手　所得　消費者物価指数　（貿易／国際)収支　不均衡　外国人株式投資　オイルマネー　ユーロ(ダラー／ポンド)　マーケティング　多国籍企業　投(資／機)　資本(赤／黒)字　景気　不況　予算　社会保障　公定歩合　大蔵省　エネルギー危機　外貨　ＳＥＣ(米国証券取引委員会)　経団連　税制改革　エコノミック・アニマル　「ウォール・ストリート・ジャーナル」「バロン」「フォーチュン」「エコノミスト」「タイム」「ニューズウィーク」「ニューヨーク・タイムズ」

Ⅱ．言いまわし・文型

1．～のとき（は）／～する／したとき（は）～

　　　a．学校が休みのとき（は）、ぱあっと遊ぶ。

　　　b．国へ帰るときにカメラを買っていきます。

　　　c．若いときに（は）勉強しておくものだ。

2．～(に)は～が～

　　　a．ワインはフランスが本場だ。

　　　b．アルプスにはモンブランやマッターホーンがそびえている。

　　　c．ドイツ製の自動車はエンジンがいい。

3．～てもいい／～ても～

　　　a．質問があったら聞いてもいいです。

　　　b．パーティーに誰れが来ても歓迎します。

　　　c．あの人はいくらお金があっても、湯水のように使ってしまう。

4．～(た／の)おかげで／おかげさまで

　　　a．先生のおかげでハーバード大学大学院に入ることができた。

　　　b．皆が協力してくれたおかげで、仕事が成功した。

　　　c．「おかげさまで、司法試験に合格しました。」

Ⅲ．討論テーマ

1．「金」や「時」に関する諺をあげなさい。

2．株などで儲けたことがありますか。損をしないで確実に貯蓄をふやす方法があれば検討しなさい。

3．世界主要国の一人当りの所得（1985年）を比較してみると、1位アメリカ、2位日本、3位西ドイツ、4位フランス、5位イギリス、6位イタリアの順になるが、あなたは日本人が豊かな生活をしていると思いますか。

4．日本人の高齢化（男75.23歳、女80.93歳）の速度が早くなり、一人の高齢者を何人の働き手（20〜64歳）が支えているかを計算してみると、85年は6人、2000年には3.7人、2020年には2.3人になる。この現象にともない経済全体の活力は低下し、国家財政がピンチになるかもしれないと言われているが、何か対策はあるでしょうか。

Ⅳ．要約練習　下の文を200字にまとめなさい。

　「時は金なり」「沈黙は金」「金の切れ目が縁の切れ目」「宵越しの金は持たない」などの諺でもわかるように、昔から「金」は人間生活の喜怒哀楽を表してきた。金のために幸せになるこというよりも、一かく千金的に相続金や保険殺人を起こしたり、株とか詐欺で儲けようとして失敗するという話しはつきない。テレビの見過ぎ、推理小説の読み過ぎではないかと簡単に解決出来ない社会悪の問題がある。

　だが、不労所得がある人は別として、時間を切り売りするように働かなければならない人達もいる。お金を儲け、ためるだけでなく、お金を使う楽しみがあってもいいのではないか。

　パート・タイマーとはよく言ったものだと思う。「時間給で働く人達」のことであるが、1日24時間を小刻みにして、働く時間、食べたり飲んだりする時間、趣味に使う時間、遊ぶ時間と、手帳はぎっしりつまっている。のんびりしたり、ゆっくりすることはタイム・マシンにインプットされていない。人間が時を利用していたことがあったのは遠い昔しになり、現在では、逆に、いつも時に追われてジョッギングし続けているようだ。「心臓破りの丘」を完走出来ないで、究極に行ってしまうのではないだろうか。

Ⅴ．Ⅲの内容とⅣの練習事項を生かして作文しなさい。（800字）

９．日本企業

Ⅰ．関連語句

終身雇用　年功序列　企業別組合　超過勤務　残業手当　能率　成績　ボーナス　利益／損失　収入／支出　面接　新入社員　経済(力／成長／摩擦)　国際化　相互依存　管理(職／体制／社会)　上下関係　上役　(社／部／課／係)長　経営者　部下　平社員　中堅　中高年　窓際族　老後　出張　出向　定(停)年退職　(大手／中小／零細)企業　営業　(関連／下請)会社　信用　競争　出世　なれあい　忠誠心　働き(バチ／づくめ／中毒／盛り)　アフターサービス　パート　海外進出　国際市場　貿易収支　黒字国　円高　還元　ＧＮＰ　自由化　輸(出／入)　売買契約　取引　(株／商)券　集団(志向／主義)　人事移動　合理化　機械化　設備投資　技術革新　ＯＡ機器　社会保障　不景気　銀行融資　倒産　首切り　転職　復興　再建　繁栄　搾取(する)　ワークシェアリング　品質　中間管理職　板挟み(になる)　リーダーシップ(をとる)　莫大　勤勉　団交　断行(する)　売り(さばく／まくる／尽くす)　売り上げをのばす　成績を上げる　不況を乗り切る　顔色(気嫌)を伺う

Ⅱ．言い回し・文型

１．〜というとすぐ〜

　　ａ．サラリーマンというすぐ背広にネクタイ姿を思いうかべる。

　　ｂ．宴会というとすぐ上役にお世辞を言ったりゴマをする男がいる。

　　ｃ．日本企業というとすぐ終身雇用と年功序列を連想する外国人が多いようだ。

２．〜しかない／〜しか〜ない

　　ａ．彼は会社のことしか頭にないらしい。

　　ｂ．不況を乗り切るには合理化を断行するしかない。

　　ｃ．国際市場で生き残るには安くて良い製品を売りまくるしかない。

３．〜甲斐_(かい)がある（ない）

　　ａ．仕事に生き甲斐を感じる。

　　ｂ．所得が物価に追いつかないのでは、働く甲斐がない。

　　ｃ．がんばれば出世できるなら、努力のし甲斐があるのだが。

Ⅲ．討論テーマ

1．あなたは日本のサラリーマンにどのようなイメージを抱いていますか。

2．あなたから見て日本人は働きすぎですか、どのような点でそう思いますか。

3．日本の経済繁栄の原動力になっているのは何だと思いますか。

4．あなたは将来日本企業で働きたい（～たくない）ですか、その理由は何ですか。

5．日本が今後国際社会で果たすべき役割はどんなことですか。

Ⅳ．要約練習　①下の文章を200字以内にまとめて書き直しなさい。②また、この文章に対するあなたのコメントを200字で書きなさい。

　日本の急激な経済発展が世界の注目を集めて以来、各国で盛んに「日本論」や「日本人論」が書かれてきた。が、初期のものに比べると、最近の傾向はかなり違ってきているように思われる。

　1980年初めまでは、日本からの集中豪雨的な輸出で、いわば弟分の日本にこづき回されるのではないかという不満や不安が確かに欧米諸国にあった。だから、日本を特殊視して遠ざけようという思想が主流になっていた。たとえば、日本の経済発展の秘密を終身雇用と年功序列と企業別組合という、いわゆる三種の神器で説明しようとするやり方である。

　ところが最近では、日本も欧米も共に産業構造の調整に苦心しているのだということが認識されてきた。その過程でひき起こされる倒産や失業の痛みを分かち合っているということも。そうしたことを認識した上で、互いにライバルとして競争していこうではないかという空気が強まってきているようだ。

　また「日本人は……」と短絡するのでなく、日本人も地域や階層によってさまざまであること、終身雇用はなにも日本に限ったことではなく、欧米の大企業にも勤続三十年以上の人がざらにいること、勤勉さの点からいえば、ドイツのマイスターやイタリアの熟練労働者の方がはるかに勤勉であることなど……が冷静に見直されるようになった。つまり、日本が特殊だから欧米との間にギャップが生じるのだ、という出口のない発想から欧米人は解放され始めているのである。

　では、残る問題は何か、といえば、それは日本人自身の中にある閉鎖性や信仰——自分たちを特殊な存在だと思いこみ、どうせわかってもらえっこない、わかるはずがないのだからと信じこんで、外国からの対日理解にカベを作っている事実——ではないだろうか。

Ⅴ．Ⅲの内容とⅣの練習事項を生かして作文しなさい。（800字）

10. 日本の若者

Ⅰ. 関連語句

若者 青年 大人 年配 世代 将来 夢 理想 現実 自分 他人 仲間 親友
「新人類」 アルバイト レジャー ディスコ コンパ オートバイ 暴走族 一人暮ら
し 下宿 寮 転換期 主張 意見 視野 意識 目的 課題 価値観 特徴 危機感
流行語 個性的 画一的 自己中心的 思いやり 戸惑い 手探り 試行錯誤(する)
自立(する) 反抗(する) 志向(する) 依存(する) ～にあこがれる 将来を担う 時
代を受けつぐ ～を求める 経済的援助を受ける すねをかじる 耳を貸さない 耳を
向ける 悩む 悩みがある 問題をかかえる ～を重ねる ～なり ～に向かって 着
実(な) ちゃっかり ～というわけではない

Ⅱ. 言い回し・文型

1. ～を求める

    a. 仕事を求めて、多くの人々が地方から東京へ来る。

    b. 人間はみな、自由と平和を求めている。

    c. 若者は、自分を理解してくれる人を求めているのかもしれない。

2. ～なり

    a. この問題について、私なりに考えてみたい。

    b. 若者は、自分なりの主張にもとづいて行動するものだ。

    c. 彼には彼なりの意見があって、あのように行動しているのだ。

3. ～に向かって

    a. 若い間は、目的に向かって手探りで進むことが多い。

    b. 若者は、理想に向かって努力するものだ。

    c. 試行錯誤を重ねながら、問題は解決する方向に向かっている。

4. ～というわけではない

    a. すべての若者が社会に反抗的だというわけではない。

    b. 別に仕事が嫌いというわけではない。

    c. 日本の若者がみなアルバイトをしているというわけではない。

Ⅲ．討論テーマ

1．「若さ」とは、どんなことだと思いますか。

2．一般に、若者たちは大人の社会や伝統と、どんな関係にあると思いますか。

3．あなたが知りあった日本の若者たちから、どんな印象を受けたことがありますか。

4．あなたの国の若者と、日本の若者と、どんなちがいがありますか。

5．「新人類」という言葉をどう思いますか。なぜこのような言葉ができたと思いますか。

Ⅳ．要約練習　次の文章を読んで、150～200字で要約しなさい。

　猿が進化して、人類になったという説は、誰でも知っているだろう。ところが、最近、新しい種類の人類が現れた。別に新しい生物が発見されたわけではない。「新人類」、つまり、今までの大人たちとは、生活様式や価値観の異なる若者たちが登場したのである。

　一般的には、1960年以降に生まれた若者たちが「新人類」と呼ばれている。もっとも、その世代の若者がすべて「新人類」というわけではない。「新人類」は、いくつかの特徴を持っている。まず、彼らは独特の言葉を話す。伝統的な日本語の使い方を変化させたり、言葉を省略して使ったり、視覚・聴覚でものごとをとらえてそれを感覚的に表現したりするのである。「新人類」によって生み出されてきた数多くの流行語は、日本語学校で学ぶ日本語とは別のものである。

　また、頼まれた仕事はするが、それ以上のことはしないのが「新人類」だ、という人もいる。つまり、「新人類」は仕事よりも自分の生活や趣味を重視する傾向があるということだ。感性に従いながら個性のある生活を求めるのも「新人類」の特徴だという。

　どんな時代でも世代が違えば、価値観も異なるのは、当り前のことだろう。そして「若さ」が伝統や社会に反抗するものならば、現在の年配者もかつては「新人類」だったはずだ。しかしこの「新人類」という名前は、年配者が将来を担う現在の若い世代に対して、ある種の危機感をいだきながらつけたものではないだろうか。変化が激しく、物質に恵まれた現代社会で、このような問題をかかえているのは、はたして日本だけなのだろうか。

Ⅴ．Ⅲの内容とⅣの練習事項を生かして作文しなさい。（800字）

11. 卒業

Ⅰ. 関連語句

卒業式 卒業生 在校生 同級生 恩師 卒業証書 在学中 当時 校舎 運動場 勉学 習得 科目 知識 学部 進路 将来 人生 選択 有意義 思い出 出会い あっという間 入学する 卒業する 感動する 経験する 感謝する 希望する 決定する 実現する 飛躍する 活躍する 涙(する／ぐむ) 思い浮かぶ 思い起こす 目に浮かぶ よみがえる 印象に残る 身を入れる 励む ものにする 胸を打たれる 悩む 胸をふくらませる 心がときめく 心がはずむ 影響を受ける えりを正す 肝に銘ずる あけくれる 門を去る つらい 厳しい ほろ苦い ありふれた 充実した ～のおかげ 走馬燈(のように)

Ⅱ. 言い回し・文型

1. ～からこそ～のだ

    a. 毎日勉学に励んだからこそ、彼は大変よい成績で卒業できたのでしょう。

    b. あなたのようなライバルがいたからこそ、私はここまでやってこられたのです。

    c. 就職に有利だと思ったからこそ、私は経済学部を選んだのです。

2. たとえ／どんなに／かりに～ても（でも）

    a. たとえ失敗に終っても、この実験をしてみたいのです。

    b. どんなにつらくても一度決めた事はやり通したい。

    c. かりに自分の希望通りの仕事に就けなくてもかまいません。

3. ～てはじめて～

    a. 大学を卒業し、社会人になってみてはじめて世の中のきびしさを知った。

    b. 日本で生活してはじめて、自分の国の特徴を見い出せました。

    c. 卒業証書を手にしてはじめて、私は大学を卒業したのだと実感した。

Ⅲ. 討論テーマ

1. 「卒業」という言葉を聞いてあなたは何を思い起こすか。

2. 卒業の時の様子（いつ、どんな学校を卒業したか。卒業式の様子など。）

3. 在学中の夢や希望がどのように変化していったか。また現実との比較。

　　4．卒業する時、あなたは何を考え、どんな気持ちでいたか。

　　5．在学中や卒業時に立てた目標と現在の生活を比較しなさい。

Ⅳ．要約練習　①「卒業」という題で文を書くとしたら、どういうことを書きたいか箇条書きにしなさい。（討論テーマ参考）その箇条書きの中で、何を中心に展開させたいか考えなさい。②次の作文例の要約を200字程度でまとめなさい。

　　1969年9月、私は中国上海海運大学の海運技術管理部を卒業した。赤色の卒業証書を手にした時はまるで夢のようだった。私は涙ぐみ、ああやっと大学を卒業したのだと思いながら、先生方一人一人に感謝した。そして大学卒業生として、長い間自分の希望していた会社に入れる気持ちで学校を出た。

　　海運技術管理部というのは、一言で言えば海運の指揮者を育てる学部である。その厳しさは言うまでもない。5年間に30科目位勉強して、船舶の入港と作業、出港と航行の指揮を始め、船機、港機の設計と使用、港址の選択と設計、天文気象の観察、海図の読み取り、海運計画の立案などできなければならない。特に3ヶ月の船員と同じような航海実習には、相当に頑張りが必要だった。もし神様が好きな年齢に戻して下さるということになっても、「もう結構です」とことわるつもりだが、海運大学のおかげで私はたくさん知識をものにした。そして祖国の海運最前線で活躍していたこの学校の同窓生と一緒に、国の「四化建設」のために頑張り、世界各国人民の友好のために努力しようと思った。またこの卒業は新しい人生の始まりだとも思った。

　　ところが学校を出た時はちょうど文化大革命の時期だったので、国の政治はいわゆる革命ばかりだった。その中の一つの政策は知識者が「思想改造」しなければならないというものだった。私のような大学卒業者も知識者だと言われ、農村、工場へ思想改造に行かなければならなかった。従って、自分が好きで習った海運専門の仕事をすることができず、毎日労働者と一緒に肉体労働ばかりだった。このようなことが7年ぐらいずっと続いたので、止むを得ず、海運専門を離れた。

　　海運大学で学んだことを生かして国のために一生懸命頑張ろうと、胸をふくらませ卒業した私は、自分の理想を実現することができなかった。卒業するのが20年おそかったらと、ふと思う時がある。本当に残念だった。

Ⅴ．Ⅲの内容とⅣの練習事項を生かして作文しなさい。（800字）

12．留学後の就職事情

Ⅰ．関連語句

就職　職業　選択　労働市場　国際化　大卒者　新卒者　学歴重視　中退　休学　生涯教育　就職活動　就職試験　青田買い　面接試験　会社説明会　就職(説明会／戦線／協定)　採用　不採用　中途採用　リクルート(ルック)　会社訪問　人事　紹介　コネ　履歴書　印象　好感度　内定　通知　可能性　きっかけ　イメージ　研修　青写真　初任給　近代化　優良企業　一流企業　(大／中小)企業　応募(する)　挑戦(する)　アピール(する)　きびしい　みぎれい(な)　困難(な)　有能(な)　さっぱりした　きちんとした　目指す　売り込む　稼ぐ　得る　描く　かち取る　注目される　(興味が)わく　〜を求める　〜を望む　〜を希望する　〜を持ち続ける　(希望に)あふれた

Ⅱ．言い回し．文型

1．目をつける

　　a．書類で目をつけておいた学生と、面接を行う。

　　b．前からショーウィンドで目をつけていた品物を、今日買った。

　　c．かねがね目をつけていても、一度チャンスをのがすと、もう二度と手に入らないこともある。

2．見なされる

　　a．質問がない場合は、全員理解したと見なします。

　　b．今や外国人にとって日本企業での実務経験は貴重なキャリアとして見なされるようになった。

　　c．たった一度の試験で、不合格と見なされるのは残念なことだ。

3．根回し(する)

　　a．会議で議題が通るように、前もって根回しする。

　　b．仕事がうまくいったのは、根回しのおかげだ。

　　c．根回しという表現は、よくない印象を与えるが、社会ではそれが必要な時もある。

Ⅲ．討論テーマ

1．あなたの国の就職事情は、日本と比べて、どうですか。

　2．日本では、大学卒業後すぐに新卒で就職するのが有利ですが、その点に対してどう
　　　思いますか。またあなたの国ではどうですか。

　3．あなたの国では、どんな専攻、特技、経歴などを持っていると就職に有利ですか。

　4．あなたの国では、会社に入社した場合、自分の望む職種に自由につく事ができると
　　　思いますか。

　5．現在、日本で、また世界でどんな職業が、人気があるでしょうか。またそれは価値
　　　があるものですか。

Ⅳ．要約練習　下の文を200字程度に要約しなさい。

　私の国アルゼンチンでは、4年制大学卒業者のタクシードライバーもめずらしくない。
これは、我が国では、自分の希望する職につけなくて仕方なしにタクシーを運転しながら
ある程度のお金を手に入れ、一方で希望する仕事が見つかるチャンスを待っているのであ
る。もちろんタクシードライバーもりっぱな職業であるが、自分が大学で専攻したことを
社会で生かせないのはつらいことだ。私も大学で政治学を学んだが、アルゼンチンでは、
希望の職につくことは出来ず、日本に留学した。日本の企業では多くの外国人が働いてい
ると聞いているが、われわれ一般の留学生にはまず入社のチャンスはないと思う。日本企
業のほとんどは、各国でエリート大学新卒者を選び、日本語力に「fluent」流暢を希望し
ているからだ。日本の企業は学歴を重視すると思う。また、それが良いことなのか悪いこ
となのか私には分からない。ただそれは何らかの形で大学受験地獄に影響を与えているよ
うに思う。

　例えば、日本語学校で私の隣にすわっているドイツ人の友人は、大学新卒や年齢など関
係なく、休学中でも、あるいはいくつになっても、採用されれば仕事につく事が出来ると
いっている。一方中国では、大学新卒者に仕事は与えられるが、彼らは自由に職を選ぶこ
とがほとんど出来ないそうだ。行きたくない職場で働くことは、会社の側にとっても、働
く者にとっても不幸なことだろう。しかし近い将来、就職も自由化される日が来るだろう
とクラスメートの中国人学生は話している。しかし自由化されれば、私の国アルゼンチン
のように、希望の職がなかったり、あるいは仕事がなかったりという苦労も出てくるだろ
う。国によって就職事情は本当に様々である。

Ⅴ．Ⅲの内容とⅣの練習事項を生かして作文しなさい。（800字）

13. 見合いと恋愛

Ⅰ. 関連語句

結婚産業　結婚相談所　独身　新婚旅行　意志　娘　息子　花嫁　花婿　共働き　専業主婦　俳優　会社員　ＯＬ　オフィスレディー　人柄　真面目　素直　明朗　派手　容姿　愛情面　恋愛感情　幸せ　マイホーム　性格　条件　頼りがい　縁談　挙式　披露宴　家事　部長　祝い　型通り　形式　主導権　（和／洋）裁　費用　花嫁修業　主流　親孝行　適性判断　きっかけ　見合い(する)　解決(する)　恋愛(する)　結婚(する)　離婚(する)　婚約(する)　干渉(する)　判断(する)　着付け(する)　交際(する)　口出し(する)　家庭的(な)　誠実(な)　勧める

Ⅱ. 言い回し・文型

１．～ままに～

　　a．両親の勧めるままに見合いをした。

　　b．私はわがままな彼女の気の向くままに夜の道を運転した。

　　c．結婚相談所のコンピューターが示すままに私は彼と結婚した。

２．～ためには～

　　a．彼女が幸せになるためには、どうすれば良いのか。

　　b．人なみの結婚式をあげるためには300万円もの大金が必要です。

　　c．彼と結婚するためには仕事をやめなければならない。

３．そろそろ

　　a．私はそろそろ結婚したいと思っています。

　　b．そろそろ結婚式の準備を始めましょう。

　　c．そろそろ子供をつくろうと思います。

Ⅲ. 討論テーマ

１．日本の見合いと同じようなものがあなたの国にありますか。

２．日本の25歳以上の独身女性は35％が「結婚しなくてもよい」と考えていますが、あなたはどう思いますか。

３．見合いをしてみたいと思いますか。

4．結婚と恋愛は別だと思いますか。

5．恋愛結婚と見合い結婚とでは、どちらを理想的な結婚と考えますか。それぞれの長所と短所をあげて討論しなさい。

Ⅳ．資料より作文へ　作文を書く前に下の説明文と表をよく見てから1～4の質問に答えなさい。

　山口さんはそろそろ結婚したいのですが、大学時代からつきあっている彼（田中さん）には経済力がありません。そこで両親の勧めるままに見合いをしたところ、5人目でやっと条件の良い人（山本さん）がみつかりました。しかし、山口さんは田中さんのことが忘れられずに、まだ迷っています。彼女が幸せになるためには、どうするのが一番良いかアドバイスしてあげて下さい。

三人のプロフィール

	年　齢	職　業	年　　収	性　格	趣　味	希望すること	将来の夢
山口	25歳	ＯＬ	250万円	明るい	ピアノ	仕事を続ける	マイホーム
田中	26歳	俳優	90万円	派手	スキー	家事はしない	大スター
山本	29歳	会社員	350万円	真面目	読書	妻は専業主婦	部長になる

田中

山口　　　　山本

質問1．山口さんが田中さんと結婚した場合と、山本さんと結婚した場合に愛情面以外で生じる問題点をあげなさい。

　　2．それはどうすれば解決できますか。

　　3．山口さんの幸せのためには、現在の恋愛感情と経済的安定のどちらを大事にすべきでしょうか。

　　4．結論として、山口さんはどうすれば良いのでしょうか。

Ⅴ．Ⅲの内容とⅣの練習事項を生かして作文しなさい。（800字）

14. マイホーム

Ⅰ. 関連語句

兎小屋 豪邸 （公団／都営／集合）住宅 （民間）アパート 分譲マンション ２ＤＫ 不動産(屋) 土地 家屋 地価(が上がる) 建て売り住宅 庭付き一戸建て住宅 敷地 建坪 ○○平米 スペース 核家族 三世代同居 日照権 居住権 都心 郊外 住宅地 首都圏 住宅ローン 頭金 借金 返済 見取図 間取り 子供部屋 遊び場 支払い期間 一家団らん プライバシー 憩い(安らぎ)の場 マイカー通勤 周囲の環境 (東／西／南／北)向き ～の便が(いい／悪い) 日当たり(風通し)が(いい／悪い) ～に近い ～から遠い せま苦しい （近所づきあい)がわずらわしい 目の玉がとび出るほど高い 手が届かない 余裕が(ある／ない) 住み(いい／にくい) 広々とした にぎやか 閑静 節約(倹約)する。マイホーム・プランを立てる 新築(増築／改築)する ～に追われる ～に悩まされる。

Ⅱ. 言い回し・文型

1. ～は～に面している

    a 彼の家は表通りに面して建っています。

    b 居間の窓は南に面しているので日当たりがいい。

    c 部屋の窓は道路に面しているので車の騒音に悩まされています。

2. ～に近くて～に便利だ（～から遠くて～に不便だ）

    a 両親の家は私たちのアパートに近くて、往き来するのに便利です。

    b 今度引越した家は商店街に近くて、買い物に便利です。

    c 彼の家は駅から遠くて、通勤に不便だそうです。

3. ～ても

    a 一生まじめにコツコツ働いても、自分の家一軒持てない。

    b たとえ借金しても、どうにかしてマイホームを建てたい。

    c マイホームなどなくても、家族がみな健康ならいい。

Ⅲ．討論テーマ

1　日本の家屋は兎小屋だと言われますが、あなたの印象はどうですか。

2　あなたの国の住宅事情について、説明してください。

3　東京の地価が高騰を続けている原因は何だと思いますか。

4　将来あなたもマイホームを建てたいですか。

5　どこに、どんな家を建てたいですかマイホーム、プランを立ててみてください。

Ⅳ．資料より作文へ　下の表と図をよく見て、日本と欧米の住宅の違いをとらえ、箇条書きしなさい。また、それに対するあなたの意見や考えを述べなさい。

日本と欧米諸国との住宅事情

		日　本	アメリカ	西ドイツ	イギリス	フランス
持　家　率	（％）	62.4 （'83）	64.7 （'83）	40.7 （'82）	60.9 （'84）	50.7 （'82）
一戸当たり平均室数	（室）	4.7 （'83）	5.1 （'83）	4.5 （'78）	5.0 （'81）	3.7 （'78）
新設住宅一戸当たり平均 床面積　　　　　（㎡）		81.3 （'86）	134.8 （'84）	89.6 （'85）	—	88.6 （'83）

（備考）

1．経済企画庁「国民経済計算年報」，United Nations "National Accounts Statistics", "Statistical Yearbook", 総務庁「住宅統計調査」，建設省「建設統計要覧」等による。

2．「室」の定義は、4㎡以上のもので，主要部分の天井の高さが2ｍ以上のものとしているが，例えばフランスでは9㎡未満のものや台所を含まず，西ドイツでは6㎡未満のものを含まないとしている。また，日本においては，台所及び流しや調理台などを除いた広さが3畳未満のダイニング・キッチンは「室」に含まないこととしている。

3．床面積の定義は国により異なるが，日本と外国の定義には概ね以下のような差がある。

外国—外壁の内法で計測し，地下室，居住不能な屋根裏，共同住宅の共用部分等を除く。また，一定面積以下の室を算入しない場合がある。

日本—壁心で計測し，地下室，共同住宅の共用部分のうち，壁等で囲まれた階段室等は含まれる。

日本と西ドイツの２室住宅例

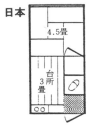

日本

3畳あれば台所も1室

西ドイツ

居間は18㎡以上　寝室は12㎡以上ないと1室に数えない

Ⅴ．Ⅲの内容とⅣの練習事項を生かして作文しなさい。（800字）

15. 読書法さまざま

I. 関連語句

（精／速／黙／音／多／乱）読[どく]　立ち読み　（ながら／車中／トイレ）読書　書評（欄）　解

説　古典　名作　傑作　代表作　新刊　（文庫／単行）本　ベストセラー　ジャンル（分

野）　（歴史／恋愛／推理／探偵／怪奇／私）小説　旅行記　紀行文　自伝　伝記　物語

作家　作者　著者　読者　批評家　随筆家（エッセイスト）　全集　詩集　（悲／喜／風

刺）劇　登場人物　主人公　愛読書　蔵書　読書三昧[ざんまい]　読書のだいご味　描写（する）

登場（する）　熱中（する）　集中（する）　感動（する）　すばやい　苦々しい　愉快（な）

こっけい（な）　ぞくぞくする　読書にふける　夢中になる　乗り過ごす　ついつい

うっかり　知らず知らず　ながながと　行きあたりばったり

II. 言い回し・文型

1．～三昧（あることに熱中すること）

　　a．夏休みは読書三昧といきたい。

　　b．彼は親の遺産[いさん]で放とう三昧の生活を送っている。

　　c．成金のぜいたく三昧の暮しほどいやなものはない。

2．～のだいご味（本当のおもしろさ）

　　a．登山のだいご味はなんといっても岩場登りだ。

　　b．磯釣りで大奮闘の末、大物を仕留めた時のだいご味が忘れられない。

　　c．秋の夜長にブランデーグラスを傾けながら、お気に入りの詩集を読む。こ
　　　　れぞ読書のだいご味。

3．～にふける（一つのことに深く心をうばわれること）

　　a．かぐや姫は、月を見ては物思いにふけるようになった。

　　b．暇にまかせて、読書にふける毎日だ。

　　c．飲酒にふけった日々も、この辺が潮時[しおどき]（やめる時期）だろう。

4．知らず知らず（いつのまにか）

　　a．少年のかたくなな心も、祖母の愛情で知らず知らずのうちに開いていった。

　　b．彼女の話をききながら、知らず知らず涙がにじんできた。

　　c．知らず知らずのうちに主人公の生き方に共感を覚えるようになった。

Ⅲ．討論テーマ

1．立ち読みをどう思いますか。

2．読書を効果的にするためにどんな工夫をしていますか。

3．電車の中の読書をどう思いますか。

4．黙読と音読の利点を述べなさい。

5．あなたはどんなところで、またどんな時間に読書しますか。

Ⅳ．資料より作文へ　下の作文例を読み、その下の絵を見て、女の人の読んでいるまんがの1ページから100〜150字の作文を書きなさい。

・**作文例**

　　私は学校の行き帰りの電車の中で、よく本や雑読を読みます。電車の中での読書はどういうわけか神経が集中できて、私には貴重な一時です。時々本に夢中になって、うっかり乗り過ごしてしまうこともあります。でも車中図書室で一番当惑（困る）することは、読んでいる本が面白すぎて笑いをこらえるのが困難な時です。ついついニヤニヤして隣りの人に変な顔をされます。思わず吹き出して（笑い出して）しまった時の恥かしさったらありません。こんな経験をあなたもお持ちでしょう。

> 先日もある本を読でいると、こんな一行に出会いました。著者のアメリカ人が非英語圏の友人から英文の手紙をもらいました。その手紙の中の一文に、「a」とう冠詞が付いていたばかりに、その友人は生きたニワトリを一羽ムシャムシャ食べたことになったというのです。「a」がなければ単なるトリ肉ということでした。

　　私はこれを読んで思わず笑いがこみあげてきて、声を出さないようにするのが人変でした。でもそのあと一瞬、自分も同じようなことをしているのではないかと、大いに反省しました。赤くなったり、青くなったり、それはともかくとして、車中読書は私にとってこの上ない心のオアシスです。

Ⅴ．Ⅲの内容とⅣの練習事項を生かして作文しなさい。（800字）

16．平均寿命と出生率

Ⅰ．関連語句

寿命　長寿　高齢(化)社会　年齢　(出生／死亡)率　自然(増加／減少)　横ばい　傾向
対策　状況　現象　要因　医療　医薬品　医学　科学　老後　生きがい　夫婦　核家族
(定／停)年　退職(後)　暮らし　(生活／人生)設計　青写真　格差　死因　趣味　分野
トップクラス　更新(する)　比較(する)　生存(する)　予測(する)　進歩(する)　記録
(する)　開発(する)　突破(する)　うんぬん(する)　克服(する)　調査(する)　長生き
(する)　可能(な)　確実(な)　急激(な)　大幅(な)　さまざま(な)　容易(な)　悠々自
適(の)　煩わしい　延びる　超える　減る　増える　比べる　(上／下)回る　迫る
裏付ける　揺るぎない　文字通り　～するやいなや　～において

Ⅱ．言い回し・文型

1．～を揺るぎないものにする

　　a．男女そろってトップクラスの長寿国の座を揺るぎないものにした。

　　b．近年、女性はあらゆる分野においてその地位を揺るぎないものにしている。

　　c．医療技術の進歩は人類の高齢化現象を揺るぎないものにしている。

2．(～が)〈動〉たことになる

　　a．日本では昨年、23秒に一人が生まれ、42秒に一人が死亡したことになる。

　　b．45秒に一組が結婚し、3分19秒に一組が離婚したことになる。

　　c．女性が男性の平均寿命を6歳近く上回ったことになる。

3．もはや～ではない

　　a．もはや老後の問題は他人ごとではないのである。

　　b．もはや停年後の生活をうんぬんする時期ではなく、実行あるのみである。

　　c．「長寿社会をいかに生きるべきか」ということはもはや一個人のことがら
　　　　ではなく、人類すべての大問題になってきている。

Ⅲ．討論テーマ

1．自分の健康について考えたことがありますか。何か健康法を実行していますか。

2．平均寿命がのびるということは、あなたにとってどんな意味をもちますか。

3．出生率が下がる傾向がありますが、その原因と理由について考えてください。

4．あなたの国では子供は家族の中でどのような役割を果たしていますか。

5．高齢化社会の問題点について話し合ってください。

Ⅳ．資料より作文へ　下の新聞の切り抜き記事や図表から「平均寿命」「出生率」「高齢化社会」など、項目別にメモを書きなさい。

平均寿命　昨年また延びて
女性 81歳超す
男性は75.61歳

日本人の平均寿命はまた延び、男七十五・六一歳、女八十一・三九歳となったことが、十一日に厚生省がまとめた「昭和六十二年簡易生命表」で明らかになった。女性が八十一歳を超えたのは初めてで、四年続いての世界一、男もトップクラスにあり、女ともそろって世界最高水準の長寿国の座をさらに揺るぎないものにしている。昭和卒中の減少などで高齢者の死亡が減っているのが原因で、超高齢社会に向けての対策づくりはますます緊急度を増してきた。

赤ちゃん、明治以来最少
〈出生〉134万人
がん死20万人に迫る

「朝日新聞」1988年6月22日、7月12日朝刊より

		実　数		率		62年
		62年	61年	62年	61年	
62年の人口動態統計	出　生	1346666	1382946	11.1	11.4	23秒に1人
	死　亡	751181	750620	6.2	6.2	42秒に1人
	（がん）	199471	191854	164.1	158.5	
	（心臓病）	143808	142581	118.3	117.9	
	（脳卒中）	123594	128299	101.7	106.9	
	結　婚	696239	710962	5.7	5.9	45秒に1組
	離　婚	158243	166054	1.30	1.37	3分19秒に1組

〈注〉出生、死亡、結婚、離婚率は人口1000人当たり。がん、心臓病、脳卒中の死亡率は人口10万人当たり。

Ⅴ．Ⅲの内容とⅣの練習事項を生かし、さらに「長寿とは」「老後を考える」なども考慮にいれて作文しなさい。（800字）

17. 酒

Ⅰ. 関連語句

日本酒 洋酒 ～酒 肴(さかな) 居酒屋 パブ スナック バー 飲み屋 縄のれん 屋台 赤ちょうちん カラオケ コンパ 宴会 パーティ 忘年会 新年会 歓送迎会 禁酒 酒飲み 酔っぱらい つき合い 潤滑油 百薬の長 弊害 害 毒 梯子酒 疲労 活力 二日酔い 下戸 (笑い／泣き)上戸 モラル マナー （甘／辛)党 梯子(する) 発散(する) 交流(する) 交際(する) 自粛(する) 割り勘(にする) 晩酌(ばんしゃく)(する) 慰める 楽しむ 誘う 悩む のめりこむ 強いる つつしむ たしなむ うさを晴らす (悪口／ぐち)を言う 迷惑をかける ～過ぎる おごる 人が変わる まぎらわせる 陥る まつわる

Ⅱ. 言い回し・文型

1. どうせ～

    a. どうせやめられないのなら、せめて健康的にお酒を飲もう。

    b. 酒もたばこもやめたと言っても、彼のことだ、どうせ三日はもつまい。

    c. そんな無理なことは、どうせ私には出来ない。

2. ～ば／なら～ほど～

    a. 酒は飲めば飲むほどやめられなくなるから困る。

    b. 酒を飲む時はにぎやかならにぎやかなほど楽しい。

    c. 友だちは多ければ多いほど良い。

3. いわば～（のようなもの）だ

    a. 私にとって酒はいわば心を許した友だちのようなものだ。

    b. その店はいわば私たち仲間の社交場であって、そこへ行けばだれかに会えた。

    c. 疲れている時、一杯の酒はいわば、「疲労の解毒作用」をする薬だ。

4. ～よりも、むしろ～

    a. 酒を飲むことよりも、むしろ人と話をすることのほうが楽しみで、よく居酒屋にでかける。

    b. おおぜいで酒を飲むよりも、むしろ一人で盃を傾けるほうが好きだ。

    c. 私の父は70歳だが、日本酒よりもむしろ洋酒のほうを好む。

Ⅲ．討論テーマ

1. どういう場面で私達は酒を飲みますか。（社交上／友人同士／家庭／個人……）

2. 酒が飲みたくなるのは、どんな時でしょうか。そういう時は誰とどんな所へ行きますか。

3. 「酒」にまつわる楽しい、あるいは苦い思い出がありますか。

4. 日本は酒飲み天国と言われているが、日本人の酒飲みに対する姿勢をどう思いますか。

5. 酒は百薬の長と言われたり、人生を狂わせると言われたりするが、良い酒、悪い酒とは、どんな酒を言うのでしょうか。

6. 酒を飲む時のマナーとして、どんなことに気を付けなければなりませんか。

7. あなたにとって酒はどんな存在ですか。

・作文例　　　　　　　　　　　　　　　　　　　　韓国　男性（学習歴3年）

　酒は昔から「百薬の長」とも言われる程、神秘的で人々に愛されて来たものだが、同時に酒によって人生を狂わされた多くの人々から、酒の弊害を叫ぶ批判の声も断え間がない。

　世の中のすべての良いものは、その利点と共に必ず害になる面を持っているものだ。「酒と女は不可近、不可遠」と言う言葉が出来たのも、即ちそういう訳ではないか。

　私においても、酒は今まで良い友達とも悪い友達ともなってくれた。いや、少々、悪い友達の面の方が多かったかもしれない。なぜなら酒は私から多くのものを奪って行ったからだ。金、時間、健康、チャンス………。その上酒に酔ってあれこれ間違いをしでかした事を考えると、今も恥ずかしく思う。

　けれども、振り返って見れば、私が困っていた時、寂しい時、酒より良い慰めはなかったのだ。私は今もそのありがたさが忘れられない。これからも酒は私の良き友であってくれるだろう。どうせ切っても切れない存在ならば、酒は遠ざけず、さりとて近ずけ過ぎず、上手に付き合うのが上策ではないかと思う。

Ⅴ．資料より作文へ　下の4枚の絵を見て、次の事項を中心にして話し合いなさい。1枚
絵を選び、400字で作文しなさい。

　　1)登場人物の年齢、職業、役職、年収、生活背景、家庭生活（未婚／既婚）、趣味レジャー、
　　　友人など。

　　2)どんな場所で時刻は何時頃か。　　3)どういうつながりを持つグループか。

　　4)どんな内容の話をしているか。

A）カフェバー

B）居酒屋

C）屋台

D）家庭

Ⅵ．Ⅲの内容とⅣの練習事項を生かして作文しなさい。（600字）

18．日本人は働きすぎか

Ⅰ．関連語句

国民性　社会構造　世界市場　労働市場　国際化　貿易摩擦　社会摩擦　高齢化社会
日本企業　キャリア　モーレツ社員　働きバチ　ワーカホリック(仕事中毒)　企業戦士
生きがい　野望　展望　忠誠心　終身雇用　能力主義　消費嫌い　貯蓄好き　単身赴任
海外赴任　駐在員　転勤　転職　定(停)年　雇用　解雇　失業　労働時間　労働組合
労使関係　ストライキ　完全週休二日制　給与　賃金　ボーナス　有給休暇　余暇　ゆ
とり　職業病　ＯＡ病　家庭崩壊　管理(する)　没頭(する)　わずらわしい　(非)能率
的(な)　取りつかれる　～を強いる　強まる　～に費やす　飛び回る　はかどる　集中
する　没頭する　心おきなく　並みはずれた　めげず　むしろ　こつこつと　がむしゃ
らに　猛烈に　時は金なり

Ⅱ．言い回し・文型

1．～を強いる

　　a．毎日、過酷な仕事を強いられた結果、身体をこわした。

　　b．人に物事を強いるのはよくない。

　　c．母親は子供に毎日2時間ずつ勉強するよう、強いた。

2．一瞬たりとも

　　a．たとえ食事中であったとしても、彼は一瞬たりとも仕事をしないことはない。

　　b．彼女は一瞬たりとも、タイプライターの手を休めようとはしなかった。

　　c．学生は、教師の言う事を一瞬たりとも聞きのがさないように、全神経を集中させた。

3．なみに

　　a．昭和○○年までに、日本人の労働時間を欧米なみにする意向だ。

　　b．地方の過密化も、毎年大都市なみになってきている。

　　c．あの少年は、大人なみに生意気な事をいう。

Ⅲ．討論テーマ

1．日本人は、働きすぎだと思いますか。

2．日本人の働きすぎが、今の日本経済の成長に大きな役割を果たしたと思いますか。

3．日本と自分の国と、週末の過し方、サラリーマンの夏休みなどについて比較しなさい。

4．もし日本も（家族と共に過ごす一か月の休日）を取り入れたとしたら、日本人サラリーマンはそれをうまく取り入れることが出来るでしょうか。あるいは………。

5．自分の将来において、富、出世、名声のためならあなたも、ワーカホリックになるでしょうか。

Ⅵ．資料より作文へ　下記のA、B、C三つの資料から何が読みとれますか。五つの項目にまとめなさい。

A（ある日本人サラリーマンの一日）

　朝6時に起床。コーヒーを飲みながら新聞を読み始める。朝の通勤電車の中でも新聞を読み、3紙には最低目を通す。8時からは仕事開始。ひっきりなしにかかる電話と机の上の書類を片づける。午後2時、ようやく昼めしに、ざるそばをかきこむ。一日中ろくなものを口にしない。仕事は深夜に及ぶこともあり、ニューヨークとロンドン市場の時差のために自宅から深夜や早朝に国際電話をかけることもある。睡眠時間は4時間で十分だ。

B（労働力と労使関係と労働時間）

労働力と労使関係と労働時間

項　　　目		年	アメリカ	スウェーデン	西ドイツ	日　本	オーストラリア	フランス	イギリス	韓　国	タ　イ
労働力率%	男　子	1984	72.3	76.2	71.3	78.8	('85)76.3	67.0	—	67.4	('82)87.9
	女　子		51.7	67.5	41.1	48.9	('85)46.2	43.1	—	40.6	('82)78.4
	計		61.6	71.9	55.4	63.4	('84)61.0	54.6	—	54.0	('82)83.1
雇用労働者10人当たり労働損失日数(日)		1984	0.9	—	2.6	0.1	—	0.8	12.8	—	—
労働組合組織率(%)			18.8	—	41.4	29.1	—	('83)20.0	('83)53.1	—	—
年間総実働時間(時間)		1983	1,898	—	1,613	2,152	—	1,657	1,938	2,833	2,724
	所定内労働時間		1,742	—	1,535	1,950	—	1,579	1,798		
	所定外労働時間		156	—	78	202	—	78	140		
1年の365日のうち	労働日	1983	233	—	220	253	—	228	230	—	—
	年次有給休暇取得日		19	—	31	10	—	26	23	—	—
	休　日		113	—	114	102	—	111	112	—	—

（備考）　1．ILO "Yearbook of Labour Statistics 1985"、労働省「1985海外労働情勢」、労働省調べによる。

　　　　2．労働力率＝$\frac{15歳以上労働人口}{15歳以上人口}$、ただしスウェーデンは16〜74歳人口。

C（日本人の労働時間）

　Bの表によると、日本の年間総実労働時間は、同じアジアの国である韓国やタイよりは少ないが、アメリカやその他の欧米諸国に比べると約200～500時間多くなっている。わが国が労働時間が長いという理由には、まだすべての会社で週休二日制を取り入れていない事、あるいは、年間を通して有給休暇を余り多くとらない。などがあげられる。

　金曜日の午後になると、完全に仕事をやめて、郊外へ出かけてしまうというあるドイツ人も一つの例にすぎないが、一方土曜日も働き、あげくは日曜日も仕事のための接待ゴルフという日本人サラリーマンたち。やはり日本人は働きすぎか。

Ⅴ．Ⅲの内容とⅣの練習事項を生かして作文しなさい。（800字）

19. 男の料理

Ⅰ. 関連語句

ボリューム　スタミナ　エネルギー源　栄養　(動物性／植物性)蛋白質　カルシウム
ビタミン　脂肪　カロリー(が高い／低い)　チャレンジ精神　自己流　プロ並み　基礎
応用　腕前　腕まくり　コツ　調理　保存法　買いおき　ありあわせ　残り物　できあ
い　手作り　調味料　香辛料　下ごしらえ　包丁さばき　味つけ　目分量　(甘／辛)党
(強／中／弱)火　　後片づけ　手つき(手順)がいい　口当たりがいい　塩辛い　酢っぱ
い　苦い　得意　豪快　自慢　歯ごたえがある　血抜き(あく抜き)する　ざっとゆでる
さっと火を通す　冷やす　(野菜／水気／指)を切る　(皮を)むく　煮る　焼く　いため
る　揚げる　(皿に)盛る　すすめる　(手間ひま)をかける／を省く　(台所を)汚す　散
らかす　手元が狂う　やけどする　メキメキ腕を上げる　ピリっとこしょう(辛子)をき
かせる　男子厨房に入るべからず

Ⅱ. 言い回し・文型

1．〜を控える

    a　血圧が高いので、塩分を控えなければならない。

    b　ダイエット中なので、食事を控えているそうです。

    c　脂肪分を控えて植物性蛋白質をとるようにした方がいい。

2．〜たら　すぐ〜

    a　煮立ったらすぐ火をとめて器にとり　熱いうちにすゝめます。

    b　会社から帰ったら、すぐ台所に立って料理の腕をふるいます。

    c　材料が揃ったら、すぐ料理にとりかかろう。

3．〜に抵抗がある（抵抗を感じる）

    a　料理することには抵抗がないが、買い物には抵抗を感じるらしい。

    b　たまならいいが、毎日の食事作りとなるとやはり抵抗がある。

    c　台所に入ることに抵抗を感じる男性がまだいるようだ。

Ⅲ．討論テーマ

　　1．料理が得意、という男性がふえています。あなたはどうですか。

　　2．あなたは、男が料理することに抵抗を感じますか。

　　3．"男子厨房に入るべからず"という思想（モラル）をどう感じますか。

　　4．あなたが得意な（作れる）料理を一つ挙げて、作り方を説明してください。

　　5．あなたが理想とする家庭と夫（妻）像を描いてください。

Ⅳ．話し言葉より書き言葉へ　下のインタビュー記事を普通文の記事に直しなさい。

──石田さんの奥さまも出版社にお勤めですか。

　「えゝ、それに中一の娘の三人家族です。」

──すると、毎日の食事作りは御夫婦で交替で

　「毎日じゃありませんがね。ぼくは帰りの時間がめちゃくちゃなので朝食を、夕食は妻が作ることが多いです」

──お料理することに抵抗はないですか。

　「子供の時からやらされてましたからね、うちは農家なんで、みそ作りや何かも手伝わされました。それで平気なんだと思いますよ。こういうことが」

──でも、時には苦痛になるってことありませんか。

　「ぼくにとって食事作りは一種のリクリエーションなんでね。やらされてるとか、やらなきゃいけないって意識がないんです。そこが主婦とちがうとこでしょうね。」

──後片づけは

　「やりますよ、やり方があるんです。作りながらどんどん片づけていくんです。なべがあいたら、一分後に使うものでも洗っちゃう、その方が後が楽なんです。料理上手は片づけ上手っていうでしょ」

　• 普通文例

　　石田さんは、出版社勤務のご本人と奥さんと中一の娘さんの三人家族です。帰宅時間が不規則な石田さんは朝食を、夕食は奥さんが作ることが多いそうです。……

Ⅴ．Ⅲの内容とⅣの練習事項を生かして作文しなさい。（800字）

20．車

Ⅰ．関連語句

交通(法規／情報／標識／渋帯／信号／整理)　幹線道路　(東名／首都)高速　道路公団
速度制限　運転免許(証)　国際運転免許　ハイウエイ　ペーパードライバー　パトカー
白バイ　ＪＡＦ(日本自動車連盟)　ＡＡＡ(トリプルＡ　米国自動車協会)　国産車　ト
ヨタ　ニッサン　ホンダ　マツダ　外車　ロールス・ロイス　ベンツ　フォード　ポル
シェ　ボルボ　アルファ・ロメオ　スポーツカー　キャンピングカー　ジープ　バイク
トラック　ライトバン　バス　マイクロバス　タクシー　ハイヤー　ガソリン　ジーゼ
ル・エンジン車　モーテル　駐車場　(車両／傷害／強制／任意)保険　車検　修理　(駐
車／右折／左折)禁止　(一方／片側)通行　(左／右)ハンドル　シートベルト　カー(ス
テレオ／クーラー)　リア・エンジン　車の騒音　排気ガス　車の(輸出／輸入)　(徐行
運転／居眠り運転／スピード違反／よっぱらい運転)をする　緩和する　事故を起こす
検挙(する／される)　示談にする　ドライブ(をする／に行く)

Ⅱ．言い回し・文型

1．～といわれている～

    a．車の国といわれているアメリカでは、ドライバーの高速運転技術は発達し
       ています。

    b．死亡率が高いといわれている交通事故は、スピードのだし過ぎによるもの
       が多いです。

    c．いつも渋帯するといわれている日曜日のドライブはやめましょう。

2．～たくも（あるが／あったが）、～

    a．外車を買いたくもあるが、買い替えが面倒なので国産にします。

    b．ビールを飲みたくもあるが、運転出来なくなるので我慢します。

    c．モーテルで泊まりたくもあったが、交替で運転し続けました。

3．～のない～なんて

    a．車のない生活なんて考えられません。

    b．趣味のあわない人と付き合うなんて、おもしろくないです。

    c．苦労の全くない人生なんて世の中にはありません。

Ⅲ. 討論テーマ

1. 車が増加したり、車の性能がよくなると、どうして交通事故が多くなるのですか。

2. このような事故を防ぐためにはどうしたらいいでしょうか。

3. 老人は運動神経がにぶって交通事故を起しやすいので、また若者はスピードを出し過ぎたりするので、双方に運転を許可しなければといわれるが、どう思いますか。

4. どうしたら車の騒音や、排気ガスの公害をなくすことが出来るでしょうか。

5. アメリカやＥＣ（ヨーロッパ共同体）に対して、日本の車の貿易不均衡がさけばれていますが、どのようにしたら解決出来ますか。

Ⅳ. 話し言葉より書き言葉へ　下の会話を書き言葉になおし、内容を盛り込んで400字で作文しなさい。

Ａ：新車ですね。高かったでしょう。

Ｂ：いや、この車はたいしたことはなかったですよ。

　　外車やスポーツカーはデザインはいいし、スピードは出るし、申しぶんないですよ。カーマニアだったら、一生に一度は外車を運転してみたいですね。

Ａ：そういう車は、燃費はガソリン１リットルで５キロぐらいしか走れないから経済的ではないでしょう。私も車を買ってから二年もたち、来年の車検の前に新車に替えたいと思っているんですが……

Ｃ：日本はアメリカやＥＣから貿易不均衡是正と言われているから、どんどん外車を輸入したらいいんですよ。

Ａ：そうしたら、国産車は売れなくなるかも知れない。車の販売合戦がくり返されるだけでしょう。

Ｂ：車のない生活なんて考えられませんよ。ドライブを楽しむ気分は、またかくべつですから。

Ｃ：オート・ショーや、新車発表会などへ行ってよく見るんですが、どんな車を買ったらいいか、なかなかきめられないんです。

Ｂ：では今度ぼくの車に乗ってみませんか。気に入ったら車を譲りましょう。

Ⅴ. Ⅲの内容とⅣの会話文の内容を生かして、作文しなさい。（800字）

21．誤解を生む日本語

I．関連語句

たてまえ　ほんね　初め　メモ帳　本当　原因　レベル　コンピューター　障害　衝撃
良さ　気候　文化　背景　仕方　比較的　疑問　日本人同士　考え方　先輩　今度　普
通　態度　人間関係　気持ち　返事(する)　説明(する)　招待(する)　コミュニケー
ション(する)　困惑(する)　協力(する)　相談(する)　期待(する)　返事(する)　経験
(する)　あいさつ(する)　誤解(する)　やりとり(する)　表現(する)　親しい　仲良い
すごい　狭い　回りくどい　やわらかい　西欧的(な)　間接的(な)　円滑(な)　表面的
(な)　便利(な)　(家に)よぶ　おどろく　与える　知り尽くす

II．言回し・文型

1．「〜」という

a．「考えさせてください」というのは「ノー」という意味です。

b．「今度、私の家に遊びに来てね」という表現があります。

c．スリランカにも「どちらへ」「そこまで」という表現があります。

2．たとえば〜というような場合

a．たとえば、男と女が喧嘩したというような場合

b．たとえば、「今度ね」と日本人が言ったというような場合

c．たとえば、日本人の考えていることがわからないとうような場合

3．〜になるところがある。

a．回りくどい表現になるところがあります。

b．誤解を生む原因になるところがあります。

c．コミュニケーションの障害になるところがあります。

III．討論テーマ

1．日本語を話していて、うまくかみ合わないことがありましたか。

2．日本人の「たてまえ」と「ほんね」を感じたことがありますか。

3．英語のイエスとノーがはっきりしている表現と比較して、日本語のはっきりしない
　　間接的な表現をどう感じますか。

　　4．日本語はあなたの国の表現の仕方と、どこが似ていて、どこが違いますか。

　　5．気候、風土、文化などの背景が言葉や表現の仕方に与える影響について考えてみなさい。

Ⅳ．話し言葉より書き言葉へ　下記の会話を田中さんの意見を中心とした書き言葉で表現しなさい。

金：日本に来てもう一年になるんですが、日本人は本当に何を考えているのか今でもよくわからないんで、困っています。このあいだ、協力して欲しいことがあって相談すると、「考えさせてください。」というので、期待しているんですが、まだ、なんの返事もないんですよ。

田中：それはそうですよ。「考えさせてください。」という表現は、つまり「ノー」という意味なんですから。シンさんも同じような経験がありますか。

シン：ええ、あります。三年前、初めて日本に来たときに、日本の友達が「今度、私の家に遊びに来てね」っていったんです。それで,「いつ行けばいいの」と言ったら、すごく困った顔しているの。どうしてなのか後で先輩に聞いたら、日本人は人を家によぶつもりがなくても「今度、遊びに来てね」というらしいのよね。

田中：「今度、遊びに来てください。」というのはほんとうに来てくれというのでは、なくて、あいさつのひとつなんですよ。たとえば、朝、人に会うと「おはよう、どちらまで。」「はい、ちょっとそこまで。」といった会話をします。これだって、どこに行くのかを知りたいわけじゃなくて、そんな会話のやりとりがあいさつになっているんです。こういう言い方が、誤解を生む原因になっているんでしょうね。

ニマル：スリランカにも「どちらへ」「ちょっとそこまで」という、同じような表現があります。同じアジアだからでしょうか。アメリカではイエスとノーをはっきり表すほうが良いと思うんですが。私はコンピューターを少しやっていますが、こういったやわらかい表現のほうがレベルの高いコミュニケーションだと思うんですがね。

田中：日本語は、相手のことを思いやって間接的に回りくどい表現になるわけですが、ストレートにいうよりは、相手にあまり衝撃を与えないですむという良さもあるわけですよ。日本の気候、風土、文化などの背景が、言葉や表現の仕方に影響を与えているんですね。

Ⅴ．Ⅲの内容とⅣの練習事項を生かして作文しなさい。（800字）

22. テレビ文化

Ⅰ. 関連語句

マス・メディア　マス・コミュニケーション（マスコミ）　情報化社会　ブラウン管　電波　画面　映像　視聴者　視聴率　番組　事件　事故　ニュース　事実　背景　全国　大衆　娯楽　芸能番組　芸能界　タレント　フィクション　ノン・フィクション　民間放送　ＮＨＫ　放送局　テレビ局　生放送　録画　中継　衛星放送　音声多重放送　日常生活　慰め　良心　モラル　道徳　暴力　報道（する）　放送（する）　受信（する）　普及（する）　企画（する）　製作（する）　伝達（する）　出演（する）　流行（する）　氾濫（する）　批判（する）　とらえる　ゆがめる　耳に入る　生々しい　一方的に　相互に　（テレビの）見すぎ　なくてはならない　これだけ　〜ではないだろうか　何といっても

Ⅱ. 言い回し. 文型

1. なくてはならない

    a. 水や空気は生物にとって、なくてはならないものだ。

    b. 日本の社会では、印鑑はなくてはならないものだ。

    c. テレビは現代人にとって、なくてはならないものかもしれない。

2. 〜ではないだろうか

    a. 日本人はテレビの見すぎではないだろうか。

    b. 一人暮らしでもさびしくないのは、テレビのおかげではないだろうか。

    c. テレビは大きな影響力を持っているのではないだろうか。

3. これだけ

    a. これだけ一生懸命練習しても、なかなか上手にならない。

    b. これだけ番組の種類が多いと、何を見ようか迷ってしまう。

    c. これだけ情報が氾濫していると、何が大切なことだかわからなくなる。

4. 何といっても

    a. 何といっても、自分の故郷が一番いい。

    b. 人間は、何といっても健康であることが大切だ。

    c. 情報を速くつかむには、何といってもテレビが一番便利だ。

Ⅲ．討論テーマ

　1．あなたは一日何時間テレビを見ますか。

　2．あなたはどのようなテレビ番組を、なぜ見ますか。

　3．人々はなぜテレビを見るのだと思いますか。

　4．あなたの国の番組と日本のテレビ番組をくらべて、どのように感じますか。

　5．テレビの社会的影響について、どのように考えますか。

Ⅳ．話し言葉より書き言葉へ

　東京に住む三人の留学生が、「日本人とテレビ」について、意見を交換しました。下の会話の内容を、書き言葉でまとめなさい。

　A：調査によると、日本人は毎日約3時間半、テレビと過ごしているんですよ。

　B：日本人は、大人も子供もテレビが好きなんですね。日本へ来たとき、東京のテレビ局は数も多いし、昼間だけでなく、深夜も放送しているのには驚きました。

　C：朝、起きると、なんとなくスイッチを入れて、出かけるまでの間、何かをしながら見てしまうのでしょう。夜、うちへ帰ってからも同じです。今、テレビは日常生活に、なくてはならないものになっているのではないでしょうか。

　B：退屈なとき、頭を使わないで、ぼーっと見ていることもあります。まあ、お金を使わずにストレス解消ができますね。

　C：それにニュースを見れば、地球のどこで、何が起こったか、すぐわかりますね。

　A：マスコミがこれだけ発達している世の中ですから、情報を速くつかむには、何といってもテレビが一番便利ですね。

　B：テレビは子供への影響も大きいと思いますよ。子供がマンガやコマーシャルを見てすぐまねをしますから。

　C：子供だけでなく、大人も同じではないでしょうか。テレビを見ていると、現代の日本人の興味がよくわかりますよ。ある一つの話題が日本全国に報道されると、日本中の人々の興味は、その話題だけに向けられてしまうように見えます。本当にテレビの影響力は大きいものですね。

Ⅴ．Ⅲの内容とⅣの練習内容を生かして作文しなさい。（800字）

23. まんが本・まんが参考書

I. 関連語句

氾濫(ぶり) (異常/怪奇)現象 活字離れ 唯一無二 背広姿 最新 暴力シーン 諸国 登場人物 ヒーロー ヒロイン キャラクター 筋骨隆々 漫画家 発行部数 ～割 巨額 印税 億万長者 娯楽 読み物 教科書 参考書 会議資料 マニュアル 図式 ケタ違い 情報過多 大衆文化(使節)(好/悪)評 隆盛 世代 読者 コミック誌 あらゆるもの 不動の地位 手段 分野 アンケート 親近感 価値感 離乳食 世相 充満(する) 続出(する) 登場(する) 翻訳(する) 分析(する) まんが化(する) 上陸(する) 表現(する) 断言(する) 危惧(する) 仲間入り(する) 愛くるしい 甘ったるい ひどい どぎつい いやらしい 過激(な) 低俗(な) 楽(な) 手軽(な) 健全(な) 安価(な) 退屈(な) 多彩(な) 誇る 眉をひそめる 手にする 勝ちえる 浸りきる 受ける 理解に苦しむ 声を大にする ひょっとすると 優に 果ては その上

II. 言い回し・文型

1. ～もあれば/いれば、～もある/いる

   a. まんがには、子供向けのものもあれば、大人向けのものもある。

   b. 娯楽的要素の多いまんがもあれば、参考書的なものもある。

   c. 漫画ブームに眉をひそめる者もいれば、集合情報を得る手段として支持する者もいる。

2. ～までもない

   a. 外国人に言われるまでもなく、最近のマンガの氾濫ぶりは理解に苦しむ現象だ。

   b. 子供は言うまでもなく大人の間にも活字離れ現象が目立つ。

   c. 「日本で今、一番読まれているのはどんな本ですか」とアンケートをとるまでもなく、年17億冊という数字が、マンガ氾濫の珍現象を裏づけている。

3. ～なんて～ではないか

   a. まんがを見ながら知識が増えるなんて、最高ではありませんか。

   b. あらゆる読み物が、まんが化されるなんて、世界に類のない例ではありませんか。

   c. 日本のまんがが、海外へ進出するなんて、意外ではありませんか。

Ⅲ．討論テーマ

　1．日本のまんがブームをどう思いますか。

　2．まんがブームとテレビ文化との関係をどう考えますか。

　3．まんがブームの土壌となっている要素としてどんなことがあげられますか。

　4．娯楽としてのまんがから、参考書や各種マニュアルとしてのまんがへの変化をどのように考えますか。

　5．まんが参考書のプラス面とマイナス面を出し合ってまとめてみて下さい。

　6．日本のまんがとあなたの国のまんがとの共通点・相違点をあげてみて下さい。

Ⅳ．話し言葉より書き言葉へ　下記の会話文を400字の作文にまとめなさい。

　A：外国人による日本語スピーチコンテストで、日本のまんがブームをとりあげた人がいたけど、本当に立派な大人がまんがを熱心に見ているのは珍現象だと思うよ。

　B：でもストレスが多くて夢のない日常生活から、つかのまでも空想の世界に浸らせてくれる最も手軽な手段はまんが本を眺めることかも知れないわね。

　C：でも出版物の3割、発行部数17億というのは全く驚異的で、まんが大国、日本といわれても、仕方がないと思うよ。

　A：以前は、勉強に疲れた時、気分転換にまんがを眺めたものだけど、最近のように、教科書や参考書そのものが、まんが化している場合は、骨休めには、どうするんだろうか。

　B：そのまんが参考書のことだけど、楽しみながら憶えられるというけれど、活字から得られる思考力とか集中力のようなものが、訓練される場がなくなって、考えることをしない人間が増えてくるような気がして、空恐しい気がするわ。

　C：確かに、離乳食的で楽な情報手段であるまんがで形成された人生観・世界観で、複雑で過酷な現実に対応して生き抜いていくことが出来るかという疑問があるね。

　D：良くても、悪くても、この現象は当分続くと思うから、まんがブームの土壌やまんが参考書の功罪を分析して、よく話し合い、考える必要があると思うよ。

　B：そうね、一目でわかる集合情報として、忙しい現代にうけてるけど、遊びと勉強は区別して欲しいわね。

Ⅴ．Ⅲの内容とⅣの練習内容を生かして作文しなさい。（800字）

24．差別とは

Ⅰ．関連語句

社会的差別　人種差別　民族　国籍　言語　人権　特権　平等　身元(保証人)　指紋押
捺　家柄　階級　世襲制度　性別　男女差別　男女雇用機会均等法　差別待遇　男尊女
卑　お茶くみ　産休　終身雇用　(長期／短期)採用　実力主義　学歴　知識　能力　エ
リート　インテリ　ホワイトカラー　労働者　ブルーカラー　肩書き　給与　時間給
年金　社会保証　価値　業績　功績　優越感　劣等感　先進国　後進国　第三諸国　ア
パート捜し　家賃　大家　入居拒否　外人専用マンション　「３Ａ」地区(麻布・青山・
赤坂)　適応(する)　対処(する)　雇用(する)　処遇(する)　昇進(する)　出世(する)
肯定(する)　否定(する)　施行(する)　奇妙(な)　不愉快(な)　慣れる　認める　あき
らめる　見下す　～に対応する　～を避ける　～に恵まれる　～が生ずる　～に対する
意識　仕方がない　～はおおむね～のようだ　～がついてまわる

Ⅱ．言い回し・文型

１．あくまでも～(する)(の)ため

 ａ．彼のとった行動は、あくまでも表面的なものであり、根本的な解決にはならない。

 ｂ．日本に留学したのは、あくまでも言葉、文化などを学ぶためであり、大学
  合格だけが目的ではない。

 ｃ．私はあくまでも勝つために戦うつもりだ。

２．～を知りながら(も)～する

 ａ．たばこは、身体に悪い事と知りながらどうしても禁煙できない。

 ｂ．差別はいけないことだということを知りながら、それを認めなくてはいけ
  ない時もある。

 ｃ．男女差別はいけないことと知りながらも、日本の社会ではまだ完全に平等
  とはいえない。

３．～に応じて(た)

 ａ．過去の仕事や業績に応じて、差別が生ずるのは、当然といえるだろう。

 ｂ．身分に応じた暮らし方をする。

 ｃ．実力に応じたクラスで勉強することが大切だ。

Ⅲ．討論テーマ

1．差別には、さまざまな差別がある。どのようなものがあげられますか。

2．すべての差別は、否定されるべきだと思いますか。

3．男女（性別）に対する差別に対してあなたはどう考えますか。

4．能力、業績、経歴によって生じてくる差別は、認めるべきでしょうか。

5．あなた自身は、どんな差別を受けたことがあるか。またあなた自身が社会・人間に対して差別をしたことがありますか。

Ⅳ．話し言葉より書き言葉へ　次の会話文を書き言葉になおしなさい。

A：男女雇用機会均等法が、我が国で施行されてから、女子の企業での採用は変化したでしょうか。

B：そうですね。最近の政府の発表によると、企業の9割が女子を長期雇用しようと考えているそうですよ。

A：それはよい事ですね。以前は女子はどうしても短期採用が多く企業は女子に余り長くいてほしくない傾向でしたから。

B：いやいや、まだ数パーセントの企業が一定の年齢で退職してほしいというアンケートの調査結果が出ているんですよ。

A：えっ、学歴も能力もやる気も男子と同じなのにですか。

B：ええ、まだまだ女子は結婚や産休の問題もあるし、女子の長期雇用の徹底化は難しいんですよ。

A：では、もし長期雇用で採用され、女子にとってのハンディである家事や出産を乗り越えて頑張った場合、昇進は男女と同じなのでしょうか。

B：いや、それが多くの企業が女子の昇進には限界があるといっているのですよ。

A：限界がある？

B：ええ、女子が出世して管理職になった場合、仕事も厳しいしさまざまな問題がありますよね。そしてまだ、男子にとって女子の上司に仕えることの抵抗もまだ社会にはあるのでしょう。まだまだ男女平等の世の中とはいえないような気がしますが…。

Ⅴ．Ⅲの内容とⅣの練習内容を生かして作文しなさい。（800字）

25．私の結婚観

Ⅰ．関連語句

初恋　片思い　ひと目ぼれ　失恋　ライバル　シングル　カップル　未婚　同棲　連帯感　選択の自由　情熱　理性　理解　責任　信頼　（性的／内面的)魅力　嫉妬(心)　共同生活　一人暮し　適齢期　（恋愛／職場／社内)結婚　出会い　（独身／恋愛／婚約)時代　デイト　プロポーズ　フィアンセ　マイホーム主義　結婚条件　（相手の)学歴　職種　家柄　収入　将来性　地位　ルックス　相性　血液型　抱擁(ほうよう)力　人柄　共感　尊重(する)　入籍　改姓　共有(する)　愛の巣　専業主婦　三食昼寝つき　破綻(はたん)(する)　性格の不一致　離婚　別居　トラブル　ほほえましい　（男／女)らしい　ふさわしい　（意見／性格)が(合う／合わない)　気ままな　強引な　平凡な　永遠の　円満な　似合いの　愛し合う　分かち合う　諦める　つり合う　（依存／自立)する

Ⅱ．言い回し・文型

1．互(たが)いに～合う

    a　私たちはひと目でお互いに魅かれ合った。

    b　二人は神前で永遠の愛を互いに誓い合った。

    c　夫婦は互いに相手の人格を尊重し合わなければならない。

2．～に(を)～を(に)紹介する（紹介される）

    a　友人にある男性を紹介されて、交際を始めた。

    b　友人はパーティーの席で私をいとこに紹介してくれた。

    c　僕は両親に彼女を紹介する勇気がなかった。

3．～からこそ～のだ（～のは～からこそなのだ）

    a　愛しあっているからこそ、どんな苦労にも耐(た)えられるのです。

    b　彼を選んだのは人間的に尊敬できるからこそなのです。

    c　自由にライフスタイルを選べる時代だからこそ、責任もまた重いのです。

4．～と言われる（～と言われている）

    a　惚れてしまえばあばたもえくほと言われるが、実際そうしたものである。

    b　幸福な家庭は皆同じだが、不幸な家庭はそれぞれ皆違うと言われる。

    c　結婚は恋愛の死と言われるが、ほんとうなのだろうか。

Ⅲ．討論テーマ

1　あなたは今のあなたのライフスタイルに満足していますか。

2　現在の結婚制度に賛成ですか、反対ですか、その理由は何ですか。

3　法的手続きをとらずに好きな相手と暮らす"同棲"をどう思いますか。

4　あなたが理想とする男性（女性）像を説明してください。

5　結婚は恋愛の死だと思いますか、再生だと思いますか、その理由も述べなさい。

Ⅳ．話し言葉より書き言葉へ　下の三人（Ａさん、Ｂさん、Ｃさん）の結婚に対する考え方の中で、あなたが共感するのはだれの考え方ですか。その意見を発展させて、あなたなりの結婚観を述べなさい。

A　現代は個人が自由意志でライフスタイルを選べるようになったけれど、女の子にとって理想はやはり幸せな結婚ね。結婚願望のない女の子なんて存在しないと思う。

B　そんなことない、私は恋愛しても結婚はしないつもり。だって一生無名でしょ。夫に依存して、やってもやってもきりのない家事をし、奥さんからお母さん、おばあさんになって死んでいく。ぞっとするわ。恋愛は美しい誤解で結婚は長い惨たんたる理解だと言うけど、ほんとみたい。。

C　それはおかしい。家事だって立派な職業だし、子供をまともに育て上げるのも今はむずかしい時代なのだから、女性はもっと誇りを持って家庭に入っていいと思う。そうすれば夫に依存してるなんて卑屈な考えを持たなくてすむんじゃないかな。

A　もし経済的に自立したいなら仕事を持って働けばいいし、精神的に自立したければボランティアや地域活動などを積極的にすればいいと思う。主婦だって意識の高い人はちゃんと両立させて前向きに生きている。恋愛は結婚によって再生するものよ。

B　それこそ男性の思うつぼ。女性が一人で仕事と家事をひき受けて責任に圧しつぶされてれば、男の人は好きなだけ社会で働いたり遊んだり出来る、不平等が徹底するわ。

C　最近は男も家事育児を積極的にやるようになった。まして、好きで一緒になった相手に苦労させて、自分だけ遊んでいられる男がいるわけがないと思うよ。

A　とにかく恋愛を自分から汚すような結婚否定論には反対だわ。

B　恋愛と結婚は本質的に異るのだから、いっしょに論じるのが間違っているのよ。

Ⅴ．Ⅲの内容とⅣの練習事項を生かして作文しなさい。（800字）

26. 家庭教育

I. 関連語句

育児(書／法／ノイローゼ)　核家族　一人っ子　カギッ子　親子関係　兄弟げんか
(共働き／離婚／母子)家庭　しつけ(る)　かまいすぎ(る)　スパルタ式　放任　過保護
個性　自立心　責任感　自己主張　人格形式　わがまま　思いやり　自我の発達　(親
／子)離れ　精神的離乳　優等生　劣等生　落ちこぼれ　自閉症　登校拒否　非行　暴
走族　(校内／家庭内)暴力　自殺　シンナー遊び　思春期　(反発／反抗)する　小遣い
母性愛　叱言　期待　塾　受験　校則　ストレス　(我慢／辛抱／粘り)強い　厳しい
甘い　手に負えない　おとなしい　きき分けのいい　性格が(明るい／くらい)　素直
従順　活発　意欲的　無気力　感情的　溺愛する　かわいがる　甘やかす　甘える　虐
待する　叱る　(体罰を)加える　(暴力を)ふるう　バカにする　ひがむ　(欲望／要求)
を満たす　すくすく　のびのび

II. 言い回し・文型

1. ～(さ)せられる：使役受身

　　　　a. 日本の子供は小さいうちから塾に通わされ、むりやり勉強させられる。

　　　　b. 好き嫌いをしないように何でも食べさせられた。

　　　　c. 約束の時間に行ったのに、三十分も待たされた。(待たせられた)

2. ～から～を奪う

　　　　a. 親のかまいすぎが子供から自立心を奪っている。

　　　　b. 受験が若者から青春を奪っている。

　　　　c. 建築ブームが都会の子供から遊び場をどんどん奪っていく。

3. ～に～をもたらす

　　　　a. スパルタ式のしつけは子供の人格形式に弊害をもたらすことがある。

　　　　b. 家事の合理化が家庭の主婦たちに暇な時間をもたらした。

　　　　c. 情報の氾濫が親たちに知識と同時に不安をもたらした。

III. 討論テーマ

1. あなたはご両親から厳しくしつけられたほうですか、甘やかされた方ですか。

2．ご両親はどんな点で厳しく、どんな点で寛大でしたか。

3．あなたが受けたしつけのうち、今のあなたにプラスしているのはどんなことですか。

4．学校教育と家庭教育の違いは何だと思いますか。

5．あなたが将来親になったら、子供にとってどんな親になりたいと思いますか。

Ⅳ．論点整理練習　下のバラバラな意見を分析、統合し、順序立てて、まとまった文章に

しなさい。

1．最近は世界的に子供の数が減り、夫婦と子供一人という最小の核家族がふえている。

2．子供のしつけには父母の協力が絶対に必要である。

3．自閉病や登校拒否、家庭内暴力やいじめなど日本では子供の問題行動がふえている。

4．家事が合理化され、母親に暇ができたのが過保護や甘やかしの原因であろう。

5．子供の教育を母親に任せきりにする働きバチの父親がまだ相かわらずいる。

6．離婚による単親家庭の増加が、家庭教育をますますむずかしくしている。

7．勉強ばかりして育った今の子供は自己中心的で他人への思いやりに欠ける点がある。

8．仕事を持っている母親は子供を塾や学校に預けっぱなしにして、しつけの手抜きを

することがある。

9．勉強させていい学校に入れてやることが親の責任だと勘違いしている親が多すぎる。

10．親が一生懸命生きている姿から子供は知らず知らず多くのことを学んでいくものだ。

〔分析〕1．最近の家族の傾向　2．しつけの条件　3．子供の問題行動　4．母親の問

題　5．父親の問題　6．家族形態の変化　7．子供の問題　8．母親の問題　9．親

の責任　10．家庭教育のあり方

〔統合〕①最近の家族　1／6　②子供の側の問題3／7　④親の側の問題　4／5／8

／9　⑤家庭教育の条件2／10

〔順序立て〕最近の子供の問題提示3

　　　　　　　　　　　家族形態の変化1．6
　　　　→その原因　＜　　　　　　　　　　　＞その結果7→家庭教育の条件10．2
　　　　　　　　　　　親の側の問題4．8．5．9

〔まとめ〕　3→1→6→4→8→5→9→7→10→2

Ⅴ．Ⅲの内容とⅣの練習事項を生かして作文しなさい。（800字）

27. 男だったら、女だったら

I. 関連語句

男性 女性 違い 家庭 家族制度 平等 不平等 昔 権利 財産 職業 職場 管理職 常識 きまり 責任 家事 共働き 良妻賢母 役割 意識 言葉づかい 男言葉 女言葉 化粧 服装 ファッション 相続(する) 結婚(する) 支配(する) 活躍(する) 出世(する) 協力(する) 変身(する) 冒険(する) (〜のように／らしく)ふるまう 〜に生まれかわる 〜にあこがれる 〜のまねをする 〜に従う 根強い ていねい(な) きちんとした 乱暴(な) たくましい しとやか(な) 幼い 封建的(な) 保守的(な) 進歩的(な) 主観的(な) 客観的(な) もし 仮に まるで 〜らしい 〜のようだ 〜っぽい 〜べきだ 〜てよかったと思う 〜ればよかったと思う 〜と思ったことは一度もない

II. 言い回し・文型

1. （〜のように／〜らしく）ふるまう

    a. 私の妹はまるで男の子のようにふるまっている。

    b. うちの犬はいばっていて、まるで王様のようにふるまっている。

    c. 男性は男性らしく、女性は女性らしくふるまったほうがいいと思う。

2. 〜べきだ

    a. 自分の仕事に責任を持つべきだ。

    b. 自動車を運転するときは、交通規則を守るべきだ。

    c. 女性は乱暴な言葉を使うべきではない、と言われた。

3. 〜てよかったと思う

    a. その映画を見て感動したので、見に行ってよかったと思う。

    b. きのうは昼から大雨になったから、でかけないでよかったと思う。

    c. 私は男に生まれてよかったと思う。

4. 〜ばよかったと思う

    a. 私もピクニックに行けばよかったと思う。

    b. 試験が全然できなかったので、もっと勉強しておけばよかったと思った。

    c. 私は女に生まれればよかったと思う。

Ⅲ. 討論テーマ

1. あなたは、男性（女性）に生まれてよかったと思いますか。それはなぜですか。

2. 男性（女性）に生まれかわりたいと思ったことがありますか。それはなぜですか。

3. もしあなたが男性（女性）だったら、今、どこで、何をしていると思いますか。

4. 客観的に見て男性・女性それぞれの、利点と不利な点は何ですか。

5. 4. で考えた、利点と不利な点について、予想できる反対意見はどんなものがあり
   ますか。

Ⅳ. 論点整理練習　討論テーマに沿ってクラスで意見を交換し、それらを書き出しなさい。

	〈長所・利点〉	〈反対意見〉
男性	1. 力が強い 2. 財産を相続する権利がある 3. 社会的に活躍できる ⋮	人によって体力の違いがある 現在では権利は平等になっている 女性の政治家・実業家もいる ⋮
女性	1. 女性のほうがきれい 2. 子供を産む能力がある 3. ファッションの種類が豊富だ ⋮	美は主観的なもの 女性だけでは産めない 最近は男性もおしゃれをする ⋮

あなた自身の結論をメモにまとめなさい。

• 作文メモ例

テーマ	男だったらよかったと思ったこともあったが、今は、女であることを生かしたいと考えている。
構　成	1. 幼い頃、兄弟を見て、男だったらよかったと思った 2. 客観的に見た男性の長所・利点と、それへの反論 3. 自分が女であることを生かしたい

Ⅴ. Ⅲの内容とⅣの練習事項を生かして作文しなさい。（800字）

28. 共働き

I. 関連語句

仕事　職業　職場　家事　育児　（専業）主婦　保育園　施設　（有給）休暇　夫婦　対等
給料　賞与　実家　課題　雇用　サラリーマン　ビジネスマン　キャリアウーマン　Ｏ
Ｌ　会議　営業　事務　（労働／通勤）時間　遠距離　職住近接　週休二日制　隔週　上
司　部下　同僚　管理職　資格　免許　環境　健康保険　年金　産休　復帰　子育て
特技　教育費　住宅ローン　老後設計　（結／離）婚（する）　退職（する）　転勤（する）
出張（する）　単身赴任（する）　残業（する）　分担（する）　進出（する）　増加／減少（す
る）　理解（する）　完備（する）　負担（する）　協力（する）　進歩（する）　多忙（な）　容
易（な）　示す　見直す　生かす

II. 言い回し・文型

1. ～ている［状態］

　　a. 最近、女性の社会進来が目立ってきています。

　　b. 子育てが終った年代の共働きが増加しています。

　　c. Ａさんは結婚後も仕事を続けています。

2. ～のは～ことだ

　　a. 自分の専門や特技を生かして社会に貢献できるのは、すばらしいことです。

　　b. 女性が男性と対等に仕事が出来るようになったのは最近のことです。

　　c. 小さな子供のいる家庭で、共働きするのは、容易なことではありません。

3. 事・物＋～（ら）れる［受身］

　　a. 共働きをするには、夫婦間の家事の分担や育児施設の拡充などの必要性が
　　　見直されるべきです。

　　b. 男女雇用機会均等法が施行されて、もう何年になるでしょうか。

　　c. Ｍ物産では、社員食堂やレジャー施設が完備されています。

4. ～ようになると～

　　a. 女性も外に仕事をもつようになると、社会を見る目も変わってきます。

　　b. 子供が学校へ行くようになると、共働きの可能性が出て来ます。

　　c. 奥さんが勤めるようになると、ご主人も家事分担等、協力せざるをえません。

Ⅲ. 討論テーマ

1. あなたの国では、共働きはどのように評価されていますか。

2. 女性も男性も全く対等に働ける職種とはどんなものがありますか。

3. あなた自身は共働きをどう思いますか、その理由は？

4. 家事や育児を夫婦で分担することについて、どう思いますか。

5. あなたのご両親は共働きをしましたか、子供の側から見るとそのプラス／マイナスは？

6. 共働きをし易くするために、必要な課題をいくつかあげて論じなさい。

Ⅳ. 論点整理練習　下記の意見は「女性は結婚後も仕事を続けるべきか否か」のアンケートに対する答えを並べたものです。プラス、マイナスを整理して自分の意見を加えて150字くらいにまとめなさい。

1. 結婚後も退職しないで、せっかく身につけた語学力を生かして一生社会に貢献する。

2. 結婚して、子供をもてば、共働きは無理で、育児と仕事は両立しない。

3. 結婚しても仕事を続けるのは大変だが、幸いに主人も、義母も実家の両親も反対はしていないので、大いに協力してもらって、がんばるつもりである。

4. 主人が強く反対しているのでパートの仕事もしにくい。

5. 共働きはいわゆる"ダブル・インカム"だから優雅な生活のために割り切ればいい。

6. 子供から見ると、とてもマイナス面が大きい。小さい時から、保育園へあずけられたり、おばあちゃん子になったり、何かとさびしい思いをするのであきらめる。

7. 小さい時から親離れして、独立心の強い子が育つからいい。

8. 生れて一年間くらいは母親が一日中そばについているべきだと思う。

9. もし職場の事情が許せば、1年は育児休暇をとるべきである。

10. 子育てのため退職すべきである。しかし、子供がせめて中学生くらいになったら、社会から孤立しないためにも、また仕事をすべきである。しかしそれには、職場復帰がしやすいように、何か専門の知識とか技能をみがいておく必要がある。

11. 家族をあてにしないで、保育園を充実させるとか、職場に託児所を完備させるとか、男性の理解や協力態勢とか、社会全体の認識とか、色々と課題も多い。

Ⅴ. Ⅲの内容とⅣの練習事項を生かして作文しなさい。（800字）

29．インスタント食品の功罪

Ⅰ．関連語句

即席めん　カップ・ヌードル　赤飯　かゆ　（デザート／スープ）類　袋詰　レトルト食品　アルミ箔　缶詰　出前　店屋物（てんやもの）　弁当　手作り　（乾燥／新鮮）野菜　（家庭／手）料理　（冷凍／ダイエット／自然／保存／美容／非常）食（品）　オーブン　電子レンジ　栄養価（値）　バランス　カロリー　食器　使い捨て　材料　ライフ・スタイル　添加物　無添加　表示　売り上げ　選び方　利点　欠点　減塩　良質　蛋白質　脂肪　肥満　利用（する）　節約（する）　増加（する）　外食（する）　調理（する）　着色（する）　買い置き（する）　温める　注ぐ　比べる　片よる　ひかえる　人気がある　あきる　怠ける　こころがける　確かに　経済約に　割合に　人工的に　出来るだけ　はるかに　文字通り（に）　手軽に

Ⅱ．言い回し．文型

1．出来るだけ〜ようにしている

　　a．出来るだけ予算内で生活するようにしている。

　　b．ひまな時は、出来るだけ運動するようにしている。

　　c．私は出来るだけインスタント食品は食べないようにしている。

2．〜し、〜

　　a．新鮮な材料で作った手料理はおいしいし、栄養価も高い。

　　b．インスタント食品は買置きが出来るし、調理に時間がかからない。

　　c．即席めんを毎日食べると、あきるし、栄養も片よる。

3．どんなに／いかに〜でも／〜でも〜

　　a．カップヌードルがどんなに手軽でも、毎日食べるのは健康によくない。

　　b．あの人はどんなにたくさんお酒を飲んでも、赤くならない。

　　c．私はどんなに疲れていても、ねる前にかならず、シャワーを浴びる。

4．文字通り（に）〜

　　a．即席めんは文字通り、お湯をかけるだけですぐ食べられます。

　　b．減塩しょうゆは文字通り、塩分をひかえめにして作られている。

　　c．赤飯は文字通り小豆で赤くなったごはんです。

Ⅲ．討論テーマ

1．食生活の中でインスタント食品の占める割合はどのくらいですか。

（あなた自身、家族の方、友人などについて調べてみなさい。）

2．あなたが見たり聞いたり食べたりしているインスタント食品にはどんなものがある

か、あげて下さい。

3．日本から即席めんをはじめ、各種のインスタント食品が70〜80か国に輸出されてい

ますが、あなたの国ではどんなインスタント食品がありますか。

4．即席めんが日本で発売されてから30年もたち、めん以外のインスタント食品も次々

に生まれていますが、将来どんな品々が生まれると思いますか。

5．インスタント食品の利点は？　欠点は？

Ⅳ．論点整理練習　　下記のいろいろな意見を分類・統合し、順序立てて、文章にまとめなさい。

1．即席食品は味もよくないし、新鮮ではないから、あまり好きではない。

2．世界の多くの国々で、インスタント食品の売上げが大幅にのびている。

3．インスタント食品は、忙がしい現代のライフスタイルにあっていると思う。

4．即席めんなどは栄養価が低いから、野菜や肉などを加えて食べている。

5．インスタント食品は長くだめにならないので便利だけど、防腐剤が入っている。

6．ひまな時、たくさん買っておけるし、忙しい時、買物や調理の時間が節約できる。

7．手作りの料理は新鮮だし、栄養のバランスもいいので健康のためにいい。

8．現代は女性も外で働くことが多いので、ほとんど毎日、インスタント食品を食べる。

9．外食や出前の店屋物などに比べるとインスタント食品はすぐ食べられるし安い。

10．両親が共働きしている場合、子供は仕方なく、毎日インスタント食品を食べる。

11．即席ものは、夜食などに手軽で便利だが、脂肪や糖分が多く肥満の原因になる。

〔分析〕（インスタント食品について）

1．利点　2．欠点　3．好き嫌い　4．各々の理由　5．現代社会の諸事情　6．将来性

〔統合〕（プラス・マイナス両方を含んだ文は①・②の両方にいれる）

上の分析の順序に従って各意見を〔分類〕（例①利点・4/6/7/10/12）〔順序立て〕て600

字以内の文章にまとめてみなさい。

Ⅴ．Ⅲの内容とⅣの練習事項を生かして作文しなさい。（800字）

30．軍事力と平和

Ⅰ．関連語句

軍備　軍事　武装　非武装　ミサイル　核兵器　人類　平和　政府　国際問題　自衛隊
放射能　原爆　後遺症　軍需産業　弾薬　原子力　潜水艦　同盟国　効力　安全保障
危機　危険　人命　悪影響　平和憲法　塵　価値　歳月　ビキニ環礁　威力　原子爆弾
弊害　莫大　価値観　困難　外交　基地　条約　環境　汚染　廃止　規定(する)　撤去
(する)　防止(する)　出動(する)　協力(する)　改善(する)　交渉(する)　実施(する)
発射(する)　被爆(する)　戦争(する)　防衛(する)　交戦(する)　自衛(する)　列挙
(する)　誤解(する)　努力(する)　維持(する)　交流(する)　悲惨(な)　見逃す

Ⅱ．言い回し・文型

1．～だけでなく～

　　a．戦争は多くの人命を奪っただけでなく、人々の体と心に深い傷を負わせた。

　　b．原爆はその熱と風で人命を奪うだけでなく、放射能によって生れてくる子
　　　や孫までをも死においやる。

　　c．原爆の使用は、投下された地域だけでなく地球全体に悪影響を及ぼす。

2．～において～

　　a．平和憲法の日本においては、自衛隊はあくまでも自衛することのみが目的
　　　であり、侵略目的などとは考えられない。

　　b．女性上位の我社においては、男のプライドなど塵ほどの価値もない。

　　c．平和の続いた日本においては、日本が再び戦争を起こすなどとは誰も想像
　　　しえないことである。

3．～もの～

　　a．放射能が消えるためには何千年もの歳月が必要である。

　　b．ビルを建てるには数十億円ものお金が必要である。

　　c．ビキニ環礁での実験に使用された原爆は、広島に落とされた原爆の八百個
　　　分もの威力がある。

Ⅲ．討論テーマ

1．あなたは国を守るためには必ず軍隊が必要だと思いますか。

2．広島、長崎の原爆の投下についてどう思いますか。

3．自分の国を守るためには原子爆弾が必要だと思いますか。

4．軍隊が存在することによって世界の平和や国民の生活にどんな弊害がありますか。

5．国を防衛するためには軍事力以外に何が考えられますか。

　　それらを列挙し、軍事力による防衛（平和）と比較しなさい。

Ⅳ．論点整理練習　作文を書く前に自分の意見をまとめなさい。

　　例　軍事力によらない防衛（平和）→外交努力、文化交流、経済援助など。

軍事力による防衛（平和）の短所	軍事力によらない防衛（平和）の短所
1．多くの人命を奪うだけでなく、人々の体と心に深い傷を負わせる	1．突然の他国からの侵略にたいして無力である。
2．莫大な金が非生産的なことに使用される。	2．文化や価値観の違いが両国の誤解をまねくおそれがある。
3．……	3．……

　　次に、自分の意見を箇条書きにまとめなさい。

　　例

テーマ	軍隊が存在することによって、抑止力が働き侵略を防ぐが、真の平和とは外交努力によって守られるべきである。
構　成	1．軍隊の必要性と弊害 2．戦争の悲惨な状況と原爆戦争を行なった場合の人類の暗い運命 3．軍事力以外の平和を維持する方法とその効力 4．真の平和を守るためには文化的な交流など、外交努力が不可欠

Ⅴ．Ⅲの内容とⅣの練習事項を生かして作文しなさい。（800字）

31．都市紹介

Ⅰ．関連語句

（大／地方）都市　町　村　歴史　名所　成り立ち　背景　城下町　城壁　首都　首都圏　住宅地　郊外　市街　（中心／商店／繁華）街　山の手　下町　環境　産業　（農業／工業／商業）地域　人口　交通機関　木造　鉄筋コンクリート　高層ビル　町並み　たたずまい　建築様式　土地　地価　騒音　排水　排気ガス　公害　憩いの場　緑地　水道　下水　広場　機能　役割　建設（する）　発達（する）　建ち並ぶ　活気がある　落ち着いた　閑静な　ごみごみした　ごちゃごちゃした　雑然とした　整然とした　近代的な　昔ながらの　〜の町として知られている　〜に恵まれている　〜がさかんだ　〜で有名だ　〜を川が流れている　〜にもとづいて　交通の便が（よい／悪い）　碁盤の目のように　〜に面している　〜に囲まれている

Ⅱ．言い回し・文型

1．昔ながらの

　　a．その城下町には昔ながらのたたずまいが残っている。

　　b．あの和菓子屋は、昔ながらの味を守っている。

　　c．どこの国にも昔ながらの技を守る伝統的な芸術がある。

2．〜に恵まれている

　　a．山田さんは、りっぱな体格に恵まれている。

　　b．その都市は豊かな資源に恵まれているので、工業の中心として発展した。

　　c．日本は、おだやかな気候と美しい風景に恵まれている。

3．〜がさかんだ

　　a．東京は、商業・サービス業がさかんな所だ。

　　b．港と水路を利用して、古くから貿易がさかんに行われてきた。

　　c．ここ数年、火山活動がさかんである。

4．〜にもとづいて

　　a．都市計画にもとづいて、機能的な都市建設が進められた。

　　b．この町の歴史を、資料にもとづいて説明しよう。

　　c．この小説は、伝説にもとづいて書かれた。

Ⅲ. 討論テーマ

話題にする都市を決めて、グループで紹介し合いなさい。

1. 都市の地理的条件について

2. 都市の成り立ちと歴史的背景について

3. 気候・資源と産業・人口について

4. そのほか、特色や名所などについて（町並み、建築物、都市の雰囲気など）

5. その都市がかかえている問題について（人口増加、住宅難、公害など）

Ⅳ. 一A　論点整理練習　下のメモに従って具体的にあなたの都市の資料を整えなさい。

構成メモ

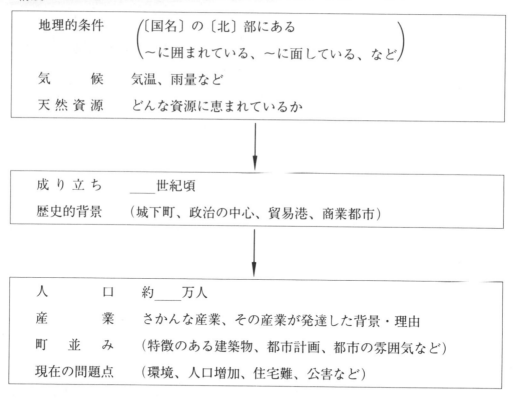

一B　推こう練習　下のステップに従って、自分の文を推こうしなさい。

• 作文例（原文）

　　ソウルは韓国の首都として600年ほど前からの古い都で、今も政治・経済・文化などすべての分野の中心となっている。町の中心部の市庁前の通りには、よく調和している韓国式の建物と近代的な建物が立ち並んでいて、その近くにあるの徳寿宮

と南大門はソウルのシンボルである。市内に数多く散在している宮殿や旧跡は、過ぎた歴史の華やかだったころの面影をしのばせている。

- 表記チェック例　立ち並ぶ→ 建ち並ぶ
- 文法チェック例　その近くにあるの徳寿宮と南大門→ その近くにある徳寿宮と南大門
- 語彙・表現のチェック例

　　　　600年ほど前からの→ 600年の歴史を持つ

　　　　古い都で→　（「都」）と「首都」は同じ意味なので、２回くりかえさない）

　　　　過ぎた歴史の葉やかだったころ→ 華やかだった過ぎた日々

- 文構成チェック例

　　「町の中心部の…」で始まる文章は、主語と述語の関係がはっきりしていないので、文章の内容がとらえにくい。何が「建ち並んでいる」のか、「調和している」のか、「ソウルのシンボル」なのかを考えて、わかりやすい文にしたほうがいい。主語と述語を考えて、三つの短い文章で書いてみると下のようになる。

　　　　韓国式の建物と近代的な建物が建ち並んでいる。

　　　　韓国式の建物と近代的な建物がよく調和している。

　　　　徳寿宮と南大門は、ソウルのシンボルである。

　　この三つ文章を適当な長さにまとめると、わかりやすい文章になるだろう。そのときに、一つの文章が長すぎたり短すぎたりしないように、書くことも大切である。

　　　　町の中心部の市庁前の通りには韓国式の建物と近代的な建物がよく調和して建ち並んでいる。その近くにある徳寿宮と南大門は、ソウルのシンボルになっている。

- 推稿後の作文例

　ソウルは韓国の首都として600年の歴史を持っており、今も政治・経済・文化などすべての分野の中心となっている。町の中心部の市庁前の通りには、韓国式の建物と近代的な建物がよく調和して建ち並んでいる。その近くにある徳寿宮と南大門は、ソウルのシンボルになっている。市内に数多く散在している宮殿や旧跡は、華やかだった過ぎた日々の面影をしのばせている。

Ⅴ　Ⅲの内容とⅣの練習事項を生かして作文しなさい。（800字）

32. 敬　語

Ⅰ．関連語句

態度　表情　礼儀　状況　日常生活　職場　家庭　社会　習慣　（人間)関係　思想　目上　目下　年長　年少　（先／後)輩　上司　教師　学生　親　仲間　同僚　知人　思いやり　話題　原則　場合　相互　（書き／話し)言葉　公け　尊敬(する)　謙遜(する)　表現(する)　応対(する)　信頼(する)　変化(する)　親しい　（不)必要(な)　（不)平等(な)　面倒(な)　失礼(な)　重要(な)　丁寧(な)　乱暴(な)　（公／私)的　一般(的)　基本(的)　形式(的)　心をこめる　使い分ける　用いる　比べる　似る　へりくだる　重んじる　尊う　表す　成立する　関する　触れ合う　受け取る　～を表す

Ⅱ．言い回し・文型

1．～べき

　　a．敬語は人間相互の思いやりや信頼、謙虚さなどによって成立すべきものであろう。

　　b．正しい敬語を使えるように、家庭でも積極的に敬語を教えるべきだと思う。

　　c．この問題についてはまだ話し合うべきことがたくさんある。

2．～に対して

　　a．年長者、上司に対してはいつも敬語を使うよう心がける。

　　b．相手に対して尊敬の念を持てば自然と言葉にも態度にもそれが表われてくる。

　　c．家庭では親や年長者に対しても敬語を使う。

3．もちろん

　　a．私の国では、職場や学校の中はもちろん、家庭でも敬語を使わなければならない。

　　b．正しい敬語を使うことはもちろんだが、相手に対する誠実な態度が、敬意を表す上では一番大切なことだ。

　　c．若い人はもちろん、年を取った人でも敬語を完全に正しく使える人は少ない。

Ⅲ．討論テーマ

1．あなたの国には「敬語」がありますか。

　　　a．「敬語」がある国　(1)「敬語」の種類　　(2)「敬語」はどのように使われていますか。

　　　b．「敬語」がない国　　相手に敬意を表したい場合はどのように表現しますか。

　2．日本語の「敬語」についてどう思いますか。

　3．あなたは日常生活の中でどのように「敬語」を使っていますか。

　4．「敬語の使い方」で、各自どのような体験（例えば失敗談など）を持っていますか。

　5．あなた自身は「敬語」はあった方が良いと思いますか、ない方が良いと思いますか。

Ⅳ．一A　論点整理練習　下の討論例（ビルマ、韓国、台湾）から一つ選び、内容をまとめて、400字で作文しなさい。

ビルマ──1．一般的に使わない。但し僧侶と話す時や客を世話する場合に少し使う。

　　　　　2．日本語の勉強をして初めて敬語を習った時はとてもうれしかった。
　　　　　　日本語に敬語があるのは素晴らしいと思う。

　　　　　3．話す時も書く時も必ず敬語を使っている。

　　　　　4．謙譲語と尊敬語を混同して使ってしまった。

　　　　　5．敬語はあった方がよいと思う。世界中の人々が敬語を使い、相手に対する尊敬の念を互いに持つようになれば世界は平和になる。

　韓国───1．日本とほとんど同じ形で敬語があり、使われている。家庭内でも年長者に対しては敬語を使う。敬語は言語生活の中で重要視されている。

　　　　　2．日本語の敬語は、抵抗なく使える。

　　　　　3．特に目上の人と話す時には必ず敬語を使う。しかし、アルバイトなどの仕事仲間や同級生には、年令に関係なく使わない。

　　　　　4．敬語をきちんと使うことにより、目上の人から信頼された。

　　　　　5．相手を尊敬していてもそれを態度で相手に伝えるのは難しい。敬語があれば、自分の気持ちが相手に容易に伝わり便利だ。

　台湾───1．少しは敬語があるが、日本のような形の敬語ではない。敬語は一般的にはあまり使われない。普通の会話では、話し方と聞く態度が一番大切だ。

　　　　　2．日本語の勉強の中で敬語は最も難しい。

　　　　　3．間違えると恥ずかしいので敬語は使いたくないのだが、日本では敬語を使うと人間関係がうまく行くのでなるべく使うようにしている。

　　　　　4．日本へ来たばかりの時は、尊敬語を使われても何を言われているのか全

然わからなかった。

5．敬語を上手に使っても相手に対する尊敬の気持ちがなければ、何にもならない。日本人は尊敬語を使って話していても本当の気持ちはどうなのか、分からないところがある。人間関係では言葉より態度の方を重んじるべきなので敬語はなくても良いと思う。

一B　推こう練習　次の作文例は推こう後のものです。下に示したa〜dのステップに従って、自分の文を推こうしなさい。

•作文例(推こう後)　　　　　　　　　　　　　　　　　　　中国男性（学習歴2年）

　敬語は日本の言語生活の中で重要なものと考えられている。今日、世界の中で日本ほ
ど敬語を使っている国はないと思う。日本に着いてから、到る所で敬語が使われて
人と人との関係を円滑にしているのを見て、そうした雰囲気は素晴らしいと思った。
相手に対して敬語を使えば感情をむき出しにしてぶつかり合う事もなくなり、尊敬や
親しみの気持ちも湧いて来る。こうした人間関係は集団で何か仕事をする場合など
に大変大きな力となり良い成果が得られる。日本人が団体で行動する時に強い力を
発揮するのは、たぶん以上述べた事によるところが大きいと思われる。
しかし、ある面では形式的に使われている敬語に対して、敬語不必要論も聞かれる。
だが心の伴った敬語の使用は、人間性の尊重、思いやり、協調性などを育み、良い
人間関係を作ると思う。私達はもっと敬語に関心を持つべきだろう。

a．表記チェック　　①今日中→今日、②動き→行動、③尊意→尊重、④協調力→協調性

b．文法チェック　　①では→の中では、②使って→使われて、③強いに→強い力を
　　　　　　　　　　④言うに→述べた事、⑤関心する→関心を持つ

c．語彙・表現チェック　①親しい→親しみ。②この→こうした　③心を持つ→心の伴った、④増やし→育み

d．全体の文構成チェック　最後の一文「私達はもっと敬語に関心を持つべきだろう」が
　　　　　　　　　　　　　まとめの段落の始めに入っていたので、終りにもっていった。

Ⅴ．Ⅲの内容とⅣの練習事項を生かして作文しなさい。（800字）

33. 外国人からみた日本

Ⅰ. 関連語句

異文化　歴史　習慣　風俗　衣食住　東洋　西洋　欧米　生活様式　行動様式　価値観　特色　独自性　印象　カルチャー・ショック　国際交流　観光　経済大国　生活水準　物質　豊かさ　技術　貿易摩擦　相互依存　輸入　輸出　来日(する)　交流(する)　発見(する)　比較(する)　理解(する)　誤解(する)　経験(する)　適応(する)　吸収(する)　尊重(する)　調和(する)　解決(する)　促進(する)　受け入れる　触れ合う　思い込む　重んじる　～にひかれる　～に慣れる　～に接する　～を取り巻く　めざましい　異質な　同質な　独特な　典型的な　伝統的な　豊富な　急速な　絶対的な　相対的な　～風　いかにも　～からといって～わけではない　～ずにはいられない

Ⅱ. 言い回し・文型

1. いかにも

　　a. 彼はいかにも困ったような顔をした。

　　b. 彼の奥さんは、いかにも日本的な女性だ。

　　c.「おかげさまで。」というあいさつは、いかにも日本人らしい。

2. ～からといって～わけではない

　　a. いくら日本料理が好きだからといって、毎日食べているわけではない。

　　b. 留学生活に慣れたからといって、何も問題がないというわけではない。

　　c. 日本人だからといって、日本について何でも知っているわけではない。

3. ～ずにはいられない

　　a. その映画を見たら、かわいそうで泣かずにはいられなかった。

　　b. 日本に来たばかりの頃の失敗を思い出すと、笑わずにはいられない。

　　c. 日本人と話してみると、価値観の違いを感じずにはいられない。

Ⅲ. 討論テーマ

1. 日本に来る前、日本についてどんなイメージを持っていましたか。

2. 日本に来たときの第一印象として、どんなことを感じましたか。

3．あなたにとって「いかにも日本人らしい」「いかにも日本人らしい」とはどんなことですか。自分の体験から考えてみましょう。

4．習慣・言葉の違いによる失敗や笑い話などの体験談を、紹介しなさい。

5．日本に来たばかりの頃と現在では、日本を見る目がどのように変わりましたか。

Ⅳ．推こう練習　下に示したステップに従って、**自分の文を推こうしなさい。**

- 作文例（原文）

　　　私は日本へ来る前に、すでにジャパニーズ・スマイルという言葉をしていた。日本人が、わけのわからない笑いをするという意味です。私は日本で生活して日本人と接しているうちに、ようやくその意味を理解になりました。日本人は、よい、悪いの判断を直接に言うことを避ける。相手を傷つけることを恐れるからだと思う。

- 文体チェック例　　　　「です・ます体」か「である体」のどちらかに統一して書く

- 表記チェック例　　　　していた→知っていた

- 文法チェック例　　　　理解になりました→理解できるようになった

- 語彙・表現の選択チェック　　直接に→面と向かって

- 文構成チェック

　　　「日本人が、わけのわからない笑いをする」という意味を表現する言葉は何という言葉なのか、主語をはっきりと書いた方がいい。また、「ジャパニーズ・スマイル」は名詞なので、「わけのわからない笑いをする」という部分も名詞にする。「日本人が、よい、悪いの判断を面と向かって言うことを避ける」のはなぜだろうか。その理由は、最後の文に書いてあるのだから、理由を述べる文型を使うと表現したいことがらをはっきり伝えることができる。

- 推こう後の作文例

　　私は日本へ来るまえに、すでにジャパニーズ・スマイルという言葉を知っていた。それは「日本人の、わけのわからない笑い」のことである。私は日本で生活して日本人と接しているうちに、ようやくその意味が理解できるようになった。日本人が、よい、悪いの判断を面と向かって言うことを避けるのは、相手を傷つけることを恐れるからだと思う。

Ⅴ．Ⅲの内容とⅣの練習事頃を生かして作文しなさい。（800字）

34. 私の履歴書

Ⅰ. 関連語句

エッセイ　おいたち　(幼年／青年／青春／学生)時代　本籍(都・道・府・県)　氏名
現住所　印　ふりがな　連絡先　市外局番　生年月日(明治・大正・昭和)　経歴　学歴
職歴　免許　資格　特技　身上書　学科　動機　勤務時間　通勤時間　勤務地　趣味
家庭環境　教育環境　影響　成長(する)　取得(する)　志望(する)　記入(する)　入社
(する)　就職(する)　得意(な)　不得手(な)　苦手(な)　育つ　日本流の　外国流(式)
の　正式に

Ⅱ. 言い回し・文型

1. ～の一端として

   a. 近代化の一端として、会社にコンピューターを導入する。

   b. 国際化の一端として、アメリカの大学を日本に設置する。

   c. 海外交流の一端として、世界の国から若者が技術研修にやって来る。

2. かかせないもの

   a. 言葉は、コミュニケーションにかかせないものだ。

   b. 生きていくのに、衣食住の三つはかかせないものだ。

   c. 親しい間柄でも、礼儀はかかせないものだ。

3. ～を語る

   a. 祖父は孫たちに、戦争体験を語って聞かせた。

   b. 久しぶりに会った友人達と、学生時代の思い出を語りあう。

   c. 旅の思い出を語る。

Ⅲ. 討論テーマ

1. あなたの国では、どんな時に履歴書を書きますか。

2. あなたの国と、日本の履歴書とでは、記入内容や書き方など、どこが違いますか。

3. 履歴書を書く時には、あなたはどんなことに注意しますか。

・記入例　（市販の履歴書用紙に書いたもの）

記入上の注意　①ふりがな以外の字または黒の筆記具で記入。②数字はアラビア数字で、文字は（ずれず）正確に書く。
③〇印のところは、該当するものを〇で囲む。

Ⅳ. 推こう練習　次の作文例は推こう後のものです。下に示したa〜dのステップに従って自分の文を推こうしなさい。

・作文例（推こう後）　　　　　　　　　　　　　　　　　　　　　（中華民国　男子学生）

　父の仕事の関係で私が日本に来てから5年目になりました。ずっとアメリカンスクール
に在籍していたので、ほとんど日本語の勉強はしませんでした。しかしハイスクール3年
の時に、自分の将来のために経済大国である日本の言葉、日本語を勉強しようと思いまし
た。

　最近、日本も国際化の一端としてアメリカの大学を日本に導入しようという動きがあり、
そこで私はその先端であったテンプル大学日本校に入学しました。授業はすべて英語で行
われますが、一方で日本語も勉強を続け、5年たった今ではコミュニケーションには不自
由しません。言葉を理解することは、その国の文化そして人々をわかるための大切なこと
だと思います。私自身日本語の能力を向上すると同時に文化に触れて行きたいと思う今日

この頃です。

　日本で仕事をするには日本人の心を理解することも一つの大切なことでしょう。中国人
には中国人の考え方があり、アメリカ人にはアメリカ人の考え方がある。日本人には日本
人の考え方があります。が、しかし、同じ地球上に住む同じ人間であることにはかわりは
ないのですから理解しあえないことはないと思います。国際化が進む今、自分を主張する
だけでなく、相手を理解することのできる本当の国際人になれるように努力していきたい
と思います。

　• 表記チェック
　　a-1　ハイスクル→ハイスクール／a-2　コミュニケション→コミュニケーション
　　／a-3　ビジネス→仕事

　• 文法チェック
　　b-1　ずど→ずっと／b-2　しなかたです→しませんでした（しなかったです）／
　　b-3　日本語勉強しよう→日本語を勉強しよう／b-4　する時と同じ→すると同時
　　／b-5　今頃です→今日この頃です

　• 語彙・表現の選択チェック
　　c-1　父の仕事のために→父の仕事の関係で／c-2　にいたので→に在籍していた
　　ので／c-3　はいりました→入学しました／c-4　わからない→理解しあえない

　• 全体の文構成チェック
　　短い文が目立ち幼稚な印象を与えるので、接続詞を入れて、意味の通る長い文にいく
　　つか変えてみました。例えば、六行目の「英語で行われますが、一方で、〜」など、
　　また、八行目の「向上すると同時に〜」とつなげた方が、「英語で行われます。しか
　　し〜」「向上します。そして〜」より高度な感じを与えるでしょう。

Ⅴ．Ⅲの内容とⅣの練習事項を生かして作文しなさい。（800字）

35. 近況報告(季節の便り)

I. 関連語句

時候(の挨拶)　前文　冒頭　末尾　結び(結語)　拝啓・敬具　かしこ　前略　草々
(追/二)伸　陽気　早春　初夏　酷暑　残暑　晩秋　厳寒　水仙　椿　梅　桜　つつじ
石楠花(しゃくなげ)　菊　花盛り　気配　(飛び石/三)連休　郊外　(富士の)〜合目　つり橋　満
月　湖岸　花便り　青葉若葉　小春日和(こはるびより)　時雨(しぐれ)　〜以来　貸(自転車/ボート)　至急
安否　恐縮　敬称　ご無沙汰(する)　失礼(する)　ゆったり(する)　のんびり(する)
日焼け(する)　おわび(する)　一周(する)　利用(する)　快い　きびしい　うららか
(な)　さわやか(な)　幸せ(な)　まわる　疲れる　深まる　冷えこむ　春めく　(心を)
こめる　春たけなわ　風薫る五月　うっとうしい梅雨　うだるような暑さ　天高く馬肥
ゆる秋　身を切る寒さ

II. 言い回し・文型

1. 〜つもりで〜

    a. 手紙を書く時は、相手に話しかけるつもりで、心をこめて書いて下さい。

    b. 来年の夏休みに、外国旅行するつもりで、お金をためています。

    c. 今週末は、家でパーティーを開くつもりで、いろいろと準備をしています。

2. 〜には、どう〜たら、いいだろうか

    a. 心のこもった手紙を書くには、どうしたら、いいでしょうか。

    b. 分り易く説明するには、どう言ったら、いいでしょうか。

    c. いいアルバイトをさがすには、どうしたら、いいでしょうか。

3. 〜の折、ご自愛下さい

    a. 厳寒の折、ご自愛下さい。

    b. 季節の変り目ですので、どうぞご自愛下さい。

    c. 猛暑の折、ご自愛下さい。

4. まずは/取りあえず/とり急ぎ/遅ればせながら〜まで

    a. 取り急ぎ、ご報告まで。

    b. まずは、御礼まで。

    c. 遅ればせながら、御返事まで。

Ⅲ．討論テーマ

1．手紙の前文には、どんなことを書きますか。

2．春夏秋冬の時候の挨拶として、どんな表現が使われるでしょうか。

3．最近は何でも電話ですませて、余り手紙を書かない人が多いですが、あなたはどうですか。この傾向をどう思いますか。

4．手紙の種類にはどんなものがあるか、話し合って下さい。（例、御礼、お祝い）

5．右の敬称はどんな場合に使いますか。（様、殿、先生、大兄、各位、御一同様）

6．心のこもった、分り易い手紙を書くために大切なことは、どんなことですか。

Ⅳ．推こう練習　下に示した3ステップに従って、自分の文を推こうしなさい。

• 作文例（原文）

　拝啓、春の季節は、本当にゆったりしたの時です。桜や椿の花盛りが過ぎて、窓の前に石楠花が咲くので、春の気持ちは、溢れていると思っています。

　金週機会には旅行しました。最初に東京の境の外へ行きました。　日本の田舎の美しさのために、びっくりしました。金曜日は富士山の六目でテントして泊まりました。夜の12時で満月を拝覧しました。　土曜日は山中湖の湖岸でテントして自転車で湖を曲がりました。　疲れたがとても仕合わせ、東京へ帰りました。　田舎で本当にきれいな日本風の家があると思います。　お天気は素晴らしかったので、顔に色をくれました。杉の森の中に歩くのは面白いと思っています。私は田舎が大好きですので、8月で北海道まで旅行するつもりです。　資料を集めて研究中です。

　御休みはどうでしたか。お身体を大切にして下さい。くれぐれもよろしく。

乱筆御免下さい。

• 表記チェック例

　六目→六合目、仕合わせ→幸せ　金週→ゴールデンウィーク（金週は中々傑作ですが）

• 文法チェック例

　ゆったりしたの時→ゆったりした時、石楠花が咲くので→咲いて　思っています→思います。美しさのためにびっくりしました→美しさに驚きました。テントして→テントを張って、12時で→12時に、湖畔でキャンプして仕合わせ、東京へ帰りました→幸せな気分で〜、田舎には、お天気は→お天気が、森の中に歩く→森の中を歩く、思っています→思います、8月で→に

- 語彙・表現の選択チェック例

春の気持ち→春の気配／気分、金週の機会に→ゴールデンウィークを利用して、東京の境の外へ行きました→東京を離れて→（具体的に）山中湖方面へ出かけました。金曜日は→第一日目は、満月を拝覧しました→〜満月を見ました（湖を）曲がりました→まわりました／一周しました、顔に色をくれました→（顔が）日焼けしました

- 全体の文構成チェック例

自分の安否や近況を述べる前にまず、相手の安否をたずね、連休の過ごし方をたずねるべきなので、最後の方にある「御休みはどうでしたか」を前文に持って来て時候の挨拶の後に「○○さんはお変りありませんか。五月の連休はいかがお過ごしになりましたか」とたずねてから「私はゴールデンウィークを利用して〜」と書いた方がずっと心のこもった手紙になります。

- 推敲後の作文例

拝啓　椿や桜の花盛りが過ぎて、私の部屋の窓の前に石楠花も咲きはじめ、春たけなわの感じです。夏子さん、お変りありませんか。ゴールデンウィークには、どこかへお出かけになりましたか。私は五連休を利用して、富士五湖方面へ出かけました。数時間、東京を離れただけで、すばらしい自然にふれることが出来ることに驚きました。第一日目は、富士の六合目にテントを張って泊まりました。夜中の12時頃、満月がとてもきれいでした。二日目は山中湖の湖畔でキャンプして、貸自転車で湖を一周しました。久しぶりの遠出で快く疲れ、幸せな気分で東京へ戻りました。田舎へ行くと、昔ながらの日本家屋が見られてうれしくなります。天気が良かったので、大分日焼けしました。私は自然に囲まれた田舎が大好きなので、８月には北海道へ旅行するつもりです。　楽しくて経済的な旅をするにはどうしたらいいか、色々と研究中です。

ではお身体を大切にして下さい。○○さんによろしく　敬具

- 手紙の基本的な書式

前文（書き出しの言葉、時候・安否・ご無沙汰・御礼・お詫びの挨拶など）

主文（相手に伝えたい主要な内容・用件）

末文（結びの挨拶）

後付け（日付・署名・宛名＋敬称）

副文（追加文）

Ⅴ．上記の手紙の慣用句・書式を参考にして、手紙を書きなさい。（600字）

B．進学準備のための作文の書き方

　本編では、専門学校・大学・大学院入学にあたって、各学校に提出する志望理由書や指定されたテーマについての作文の書き方を勉強しよう。

　進学するにあたって、多くの大学が、書類選考の段階でテーマを指定し、400〜800字程度の入学志望理由書の提出を課している。テーマは様々であり、与えられた題目に沿って書く場合、あるいは自由課題の場合もある。用紙も各自の物あるいは学校指定の用紙に作成することもある。

　早い大学・短大では10月初旬に提出の大学もあり、遅いところでは翌年の２月に入ってから提出すればよい学校もある。

　一方、書類選考にはこの作文が含まれず、当日の本試験でテーマを与えられ、その場で作成する大学も例年多くなってきているが、いずれにせよ、前もっていくつかのテーマに沿って各自、作成し、どのようなテーマにぶつかっても対処できるよう心がけてほしい。下記に今までに実際の入学試験で扱われたであろういくつかのテーマをあげておく。この中からでも最低五つは取り上げて日頃から書く練習をしてほしい。

　大学院の場合は、この入学志望理由書の他に、各個人が本国で４年間専攻してきた専門分野に関しての論文が必要となるのはいうまでもない。

　入学志望理由書は、下記のような項目と順序で構成することが基本となる。

　　　A．自分がなぜ、その学部、大学を選んだかということ。
　　　B．自国で関連する勉強をしてきた場合、その内容。
　　　C．留学の動機など。
　　　D．現在の学習状況。
　　　E．将来に対しての具体的計画、卒業後の展望、大学院進学、卒業後の仕事、就職についてなど。

Ⅰ. 試験にテーマとして出やすいトピック

〈応募時に作成提出する作文〉

1. 入学志望理由

2. 学習計画

3. なぜ私は〇〇大学を選んだか

4. 私が留学先として日本及び〇〇大学を選んだ理由

〈本試験に出される指定課題例〉

1. 伝統と国際性について
2. 私が見た日本
3. なぜ外国語を学ぶか
4. 日本人と私の考え方
5. 私が日本で感じたあれこれ
6. 私にとって幸福とは
7. 今一番気になること
8. 国民性の違いについて
9. 人種差別
10. 日本の文化について

11. 私の好きな言葉
12. 日本人と友達に
13. 高齢化社会への私の提言
14. 日本の風土
15. あなたの国語と日本語の比較
16. 忘れられない出来事
17. 学校生活
18. 近ごろ思っていること
19. 日本語の乱れ
20. アジアの中の日本

Ⅱ. 関連語句 （主として入学志望理由作文の関連語句）

受験　出題　願書　募集要項　書類　記入　入試　面接試験　適性　専攻　分野　実戦　志望　動機　野望　大志　貴大学　校風　特色　キャンパス　国際交流　教育方針　建学の精神　学部　学科　カリキュラム　課外活動（一般教養／専門／修士／博士）課程　教育学　幼児教育　肩書　進路　スペシャリスト　多様化　摩擦　貿易摩擦　進出　不可欠　〜のかけ橋　異同　相違　類似　客観的　優遇　生活水準　風俗　習慣　きっかけ　試行錯誤　返還　諸国　諸外国　秀れた　考慮（する）　貢献（する）　飛躍（する）　妥協（する）　検討（する）　変更（する）　心得る　心がける　抱く　生かす　役に立つ　欲が出る　（仕事）につく　（資格）をとる　（発展）につくす　〜のお陰で　慎重に〜する　時流に（逆らう／逆らわない）　〜にわたって　関心がある

Ⅲ．言い回し・文型

1．どちらかといえば～だ

a．休みの日は、どちらかといえば、外に出かけるより家にいる方が多い。

b．どちらかといえば、私は甘い物より、辛い物の方が好きだ。

c．あの人は、コツコツ勉強するタイプではなく、どちらかといえば、実践的に物事を学んでいくタイプだ。

2．～のようにならないとも限らない

a．一生懸命、勉強しないと、彼のように落第しないとも限らない。

b．志望校、学部選びは慎重に行おう。さもないと後で後悔しないとも限らない。

c．風邪をきちんとなおしておかないと、あとで大きな病気にならないとも限らない。

3．言うまでもないだろう

a．外国で暮らすことが、どんなに大変かということは、言うまでもないだろう。

b．明治維新後、日本が海外諸国の影響をさまざまな面で受けたことは言うまでもないだろう。

c．物事を成功させるためには、毎日の努力が大切なのは言うまでもないだろう。

4．短いようで長い／長いようで短い

a．日本に留学してからの日々は、長いようで、短かった。

b．自分の希望と適性を考えて、学部を選ぼう。そうでないと大学生活は短いようで長いものだ。

c．一日は長いようで短い。

Ⅳ. 討論テーマ

1. 留学先に日本を選んだのはなぜですか。

2. 自分の専攻したい科目は、自国では勉強できないのですか。

3. 日本の大学で学んだ後、それを生かした職につくことはできますか。もしできるのなら、それは日本でか、あるいは自国ですか。

4. 現在の世界における日本の位置・経済・工業の進歩についてどう思いますか。

5. 日本に留学し、日本の大学を卒業するということは、自国においてどのように評価されますか。

Ⅴ. 短い文章を、個条書きに並べ、それをまとめて文を書こう。

- 第1段階　主題にそって思いつくままに文を書く。主題「入学志望理由書」

　① 日本に留学する前、私は北京にある日本のある商社で5年間、働いていた。

　② そこで、私は経済や貿易知識についてさまざまな事を得たが、さらに学びたいという欲が出てきた。

　③ それらを学ぶために、私は日本に留学し、日本語学校で一年間学んだ。

　④ ○○大学は、歴史的にも長く、またよい指導陣にも恵まれ、また中国の先輩達も学んでいるので、入学を希望している。

　⑤ 4年後は、大学院でさらに勉強を続け、将来は中日間の貿易と文化交流に役立つ仕事につきたいと思う。

- 第2段階　上記項目を順序立て、補足・肉付けをして、結論へとまとめる。

　（序論）

　　(1) 日本に留学して一年がたった。現在日本語学校で日本語の勉強をしている③

　　(2) 大学で経済学を勉強し、大学院まで行きたい。　　　　　　　　　③

　（本論）

　　(3) 北京の会社でのこと。日本人との出会いなどについて。　　　　　①

　　(4) 日本の驚異的経済力に学びたいと、日本を留学先に選んだ。　　　②

　　(5) 将来の展望について。　　　　　　　　　　　　　　　　　　　⑤

　（結論）

　　(6) 志望校に対するイメージ。校風や歴史から抱いたこと。

　　　　（入学を希望する熱意。）　　④

Ⅵ. 入学志望理由・作成例

作文例A　（文科系・デザイン科志望）

　韓国・女子学生・日本語学習歴　1.5年

　文系短大合格　（留学初期よりデザイン志望の意志は固く熱意にあふれていた。）

　私は韓国で、3年間にわたって絵を学んだ。しかし服装デザインに興味があったので、本格的にそれを勉強しようと決心し、その分野で進んでいる日本へ留学した。大学の選択はきわめて重要な問題であった。○○大学は服装学において高い評価を得ていると、雑誌や人々を通じて聞いている。大学は私にとって最終の目標ではない。大学は社会の出発点なのであるから、自分の将来をよく考えた上で貴校で学びたいと思った。確かな目的を持って、服装に関する潜在能力をさらに開発し、高度な理論と技術を習得したいと思う。

　また、服装関係で必要となることは何でも取り入れ、応用していきたい。私の国より進んでいる日本で、また貴校で勉強することが出来れば大変嬉しい。今私が感じていることと同じことを感じている人がいるかもしれない。人間の感情を表現するには、色々あるが私はそれを服装で表現しようと思う。卒業後は国へ帰り、デザイナーとして活動し、その後可能ならばパリへ留学したいと思う。貴校で学んだ事を価値のあるものとするためにも、一生懸命に力を尽くしていくつもりである。

作文例B　（文科系・幼児教育志望）

　韓国・女子学生・日本語学習歴　1.3年

　文系短大合格　（熱心なクリスチャンであり、教会を通して幼児教育の場に接するチャンスがあり、夢を現実へと一歩一歩近づけていった。）

　白い紙に何の絵を書けばいいか。それは書き手によって決まる。私は子供の心を白い紙と同じように思っている。バイブルにも「子供の心を持っていない人は天国へ入ることができない」と書いてある。私が幼児教育を勉強したい理由も白い紙の上に美しい絵を書いていくための一つの道具になりたいと思ったからである。韓国の幼児教育では、実際に子供を指導する現場教師は、2年程勉強した人達がほとんどで、他の国へ留学し幼児教育について学んできたような人は、大学で大人に教えたり、自分の研究室で幼児の教育を研究

するだけである。一度も子供と実際に接触しないのは、本来の目的とはかけ離れ、真の幼児教育とはいえないと思う。私は、今韓国でそのことを感じ、本当の子供のための幼児教育がしたいと心から望み日本へ留学した。日本の幼児教育はすばらしいと思う。夏、教会で「夏の子供の特別教室」というタイトルの行事があった。私は大変興味を持って見学していたが、子供達は伸び伸びと行動し、そこには、研究者達が現場の先生達を通して、研究の成果を実際に子供の教育に実践している様子があり、私は大変感動した。また、私は、私の国と生活、考え方も少し似ている同じアジアの日本で勉強することは、これから成長する日韓の子供達の役に立つだろうと信じている。

作文例C （文科系・経済学部志望）

中華民国（台湾）・男子学生・日本語学習歴1.3年

文系私立4年制大学合格　（学業とアルバイトを両立させながら現在2年在学中。
卒業後は大学院進学を希望している。）

私は、高校卒業後、家業の中華料理店を3年程手伝っていた。金銭に接することはもちろん様々な人達と接する機会に恵まれ、金融会社に勤めている人達と商売に関して話し合うこともあった。しかし経済に関してほとんど知らない私は、日本と台湾との経済関係についても、初めて聞く事ばかりであった。このような生活を通して経済学に興味を持つようになった私は、それをきっかけとして、日本でぜひ勉強したいと思うようになった。資源が乏しく国土も狭い日本が、今やアジアだけでなく世界のリーダー国となった力強さ、また、その理由の一つである経済力が、私に勉強させる決心をさせたのである。

しかし勉強すればするほど、経済学の奥行きは深く、多くの時間と努力を必要とするものであり、また一方で十分に勉強する価値のあるものだと改めて認識した。そこで私は○○大学をその勉強の場として選んだ。明るい雰囲気と近代的な設備の中に百年以上の歴史を持つ貴大学でさらに専門知識を身につけたいと思う。大学での4年間は長いようで短いかもしれない。たとえ留学生活がつらいと思うことがあっても、信念をもって頑張り通すことが、私の国台湾にとっても、私自身の将来にとっても役立つことだと思っている。

作文例D　大学院　（理科系・造船学科志望）

　　中華民国（台湾）・男子学生・日本語学習歴1.4年

　　理系大学院研究科合格　／下記の作文は、専門分野の論文に添付したものである。

　　私は子供の頃から海の清らかさと静けさが好きだ、しかし海に入るとそこはまた危険極まりない所でもある。私はそんな海に負けないような強い船を作り、世界の海で冒険をしてみたい。これが私が造船を専門分野に選んだ大きな理由である。日本はかつて造船王国といわれ、七つの海では日本製の船舶が活躍していた。現在でも日本の造船技術は世界一を誇るものであり、私はそれを貴大学で学び、さらに大学院で工学修士号を取りたいと思っている。そして台湾に戻り、造船会社で留学中に得た知識や技術を生かしたいと思う。もちろん、世界各地の海で、私の作った船が走るのを夢みながら。

作文例E　大学院　（文系・社会学科志望）

　　韓国・女子学生・日本語学習歴1.8年

　　文系大学院合格

　　私は韓国の○○大学で再活医学（Rehabilitation）を専攻しました。その再活医学を勉強していく上で、特に障害者社会福祉分野に中心をおいて学び、卒業後は、障害者病院に勤めましたが、実際に障害者の面倒を見ながらもっとその重要さを感じるようになりました。そして私は専攻そのものを単に教科書の中の学問だけに終らせるのではなく社会的な面においても深くかかわっていきたいと思いました。留学を決めたのもいろいろな意味で幅広く徹底的に勉強していきたいと考えたからです。その点で○○大学の社会学科（特に社会福祉）における教育課程は、すばらしく、また他大学では見られない独創性があると思います。私は韓国で大学在学中の時から、病院で勤務していましたが、その頃から、障害者のためなら何とか私一人でも役目を持つべきだということをしみじみ感じていました。そのためには、もっと多くの勉強が必要だと思います。○○大学大学院はそのような私にとって、いうまでもなく一番よい勉強の場になると信じています。

　　現代社会はさまざまな文明や文化に恵まれています。その恵みを障害者に十分与えることが私の本当の希望であり、社会学科を志望している目的でもあります。自分の意志とは

全然関係ないのに障害を受けている障害者、及び生まれながらの身体障害を持っている人々が現代の医学技術や社会的福祉の施設によって救われなければならないと思います。

　入学後は、一生懸命勉強し、身体が不自由な障害者を援助できる人間になりたいと思っています。それがまた私の役目であり、社会と障害者との間の明るいかけ橋になれたら幸せだと思います。大学院で社会福祉の知識をもっと深く研究し、日本の社会福祉の秀れている点、また日韓両国の相違点などについても学びたいと希望しています。

　※　以上の作文例は、内容はほとんど原文のままである。ただし日本語の文法、あるいは、表記、語彙選択などにおいて多少教師が手直しした。

　これを読まれた方達は、どんな風に感じただろうか。いずれにせよ大切なことは、その大学・大学院に入りたいという熱意である。それはこの後に行われる面接試験でもいえることである。常に自分の中に確かな目標を持ち、熱意を失わないように心がけてほしい。

　また、すこしでもよい作文が書けるように、これらのことを参考に各自が頑張るよう望んでいる。なお、出願に伴う提出書類の見本を以下に掲げた。

入　学　願　書

（外国人留学生用）

このたび貴大学　　　学部　　　学科
に入学いたしたくお願い申し上げます。
入学許可の上は学則を守り勉学に励みますことを誓います。

　　　年　　月　　日

大学長　殿

	ふりがな 氏　名 生年月日	年　月　日生	㊞	本語	都道府県	写真貼付欄 最近三ヶ月以内に撮影した 正面上半身のもの タテ5cm×ヨコ5cm
本	現　住　所 〒　　　　TEL.					
	入学後の 住　所 〒　　　　TEL.					
人	(物件を持っ ている方) 所　在　地 〒　　　　TEL.					
	勤務先 名　称					
	最　終 学校名			年　月 卒業見込 卒業		
第一 (保証人) 保証人	氏　名	㊞	続柄	※確認		
	現住所 〒　　　　TEL.			認		
第二 (国内在住者) 保証人	氏　名	㊞	続柄	許可証発印		
	現住所 〒　　　　TEL.			許可番号		
※受付	月　　日	受付番号				

※ 保証人と同居の際の第二保証人はいりません。楷書で、丁寧に必ず自筆で記入して下さい。　※欄は記入しないこと

(S.62)　　　　　　　　　受験番号＿＿＿＿

学　歴　書

大学長　殿　　　　　　　　　　　　　年　月　日

大　学　　　学部　　　学科
短期大学　　　　　　　　科

| | | 写真貼付欄 志願票(甲票)と同の 写真を貼付すること (縦4cm×横3cm) | | | 氏　名　　　　　　　　印又は署名 |
| | | | | | 生年月日　　　　　　　国籍 |

下記のとおり相違ありません。

学　歴	学校名（公立・私立）	国　名	在学期間	年数
小学校	（　立）		19　年　月入学 19　年　月卒業	年
中学校	（　立）		19　年　月入学 19　年　月卒業	年
高等学校	（　立） 編入・転校 （　立）		19　年　月入学 19　年　月卒業 19　年　月入学 19　年　月卒業	年
短期大学 大　学	（　立）		19　年　月入学 19　年　月卒業	年
その他 (日本語学校等)			19　年　月入学 19　年　月卒業	年

※ 中国人留学生は、中国大使館が発行した推薦書(学歴が記載されているもの)を提出して下さい。

(S 62)　　　　　　　　　受験番号＿＿＿＿

日本語能力認定書
Proficiency in Japanese

日本語教師、日本政府在外公館員等に記入を依頼すること。
This report should be completed by one of the followings:
　　An instructor of Japanese,
　　A diplomatic or consular official of the Japanese Government.

志願者氏名
Name of applicant : ＿＿＿＿＿＿＿＿＿＿＿＿＿＿＿

	優 Excellent	良 Good	可 Fair	不可 Poor	能力なし No ability
話す力 Speaking ability	☐	☐	☐	☐	☐
聞く力 Hearing ability	☐	☐	☐	☐	☐
書く力 Writing ability	☐	☐	☐	☐	☐
読む力 Reading ability	☐	☐	☐	☐	☐

能力認定の方法
Methods of evaluation
＿＿＿＿＿＿＿＿＿＿＿＿＿＿＿
＿＿＿＿＿＿＿＿＿＿＿＿＿＿＿
＿＿＿＿＿＿＿＿＿＿＿＿＿＿＿

署　名
Signature: ＿＿＿＿＿＿＿＿㊞
氏　名　　　　　　　年齢
Name: ＿＿＿＿＿　Age: ＿＿＿
勤務先
Office: ＿＿＿＿＿＿＿＿＿＿
役職名
Title: ＿＿＿＿＿＿＿＿＿＿
日付　　　住　所
Date: ＿＿＿　Address: ＿＿＿＿

推　薦　書
Letter of Recommendation

（推薦者が記入すること）
(To be completed by the referee)

大学長　殿
To: President of　　　　University

被推薦者
Recommendee :
氏　名
Name: ＿＿＿＿＿＿＿＿＿＿

＿＿＿＿＿＿＿＿＿＿＿＿＿＿＿
＿＿＿＿＿＿＿＿＿＿＿＿＿＿＿
＿＿＿＿＿＿＿＿＿＿＿＿＿＿＿
＿＿＿＿＿＿＿＿＿＿＿＿＿＿＿
＿＿＿＿＿＿＿＿＿＿＿＿＿＿＿
＿＿＿＿＿＿＿＿＿＿＿＿＿＿＿
＿＿＿＿＿＿＿＿＿＿＿＿＿＿＿
＿＿＿＿＿＿＿＿＿＿＿＿＿＿＿

署　名
Signature: ＿＿＿＿＿＿＿㊞
氏　名
Name: ＿＿＿＿＿＿＿＿＿＿
地位・役職名
Position or Title: ＿＿＿＿＿＿
学校名
Name of institution: ＿＿＿＿＿
日付　　　所在地
Date: ＿＿＿　Address: ＿＿＿＿

II. 論文編

Ａ．わかりやすい文章を書くために

1．文章を書くには材料がいる

　こう言うと「当たり前だ」と思う人がいる一方で、逆に「どうして？」と不思議がる人もいるかもしれない。後者の場合は、自分が経験したことや自分の頭の中に入っていることを書くのにそんな面倒なことを考えなくてもいいだろうという理屈だ。だが、文章を書くのにも、料理を作る時のように材料がいることは間違いない。もし、材料がすべて自分の頭の中に入っているとしても、それがどんなものなのか、"在庫"を調べて新鮮でおいしい材料はどれかということを検討しなくてはならない。

　しかも、いつも頭の中に必要十分な材料が詰まっているとは限らない。あるいは、自分の経験や思考だけでは書けない場合もある。そんな時には、外部から材料を集めてこなくてはならない。取材が必要なのである。

2．テーマ、分量と照らし合わせて材料を吟味する

　独り暮らしなのに4人前や5人前の料理を作る人はいない。文章の材料も同じである。400字詰めの原稿用紙2枚でまとめるのに、あれもこれもと学術論文のように材料を詰め込むことは不可能だ。逆に30枚も書くのに軽いエッセイのようなつもりで手持ちの材料なしに書こうとしても、これまた無理な話である。

　エッセイなのか、紀行文なのか、論文なのか、評論なのか、これから書こうとする文章の種類と、何を書くのかというテーマ、そして、どれくらいの分量までまとめるのか、といったことを常に考えながら材料を集めなくてはならない。

　文章を書く時にはふつう、締め切り時間が設けられる。材料集めも第一に、この時間の制約との兼ね合いで考えなくてはならない。3日後が締め切りなのに、図書館や資料館などにのんびり出かけていって材料集めをしているわけにはいかない。入学や就職の試験で出された作文に、よそから材料を集めてくるわけにはいかない。こんな場合には自分の頭の中に詰まっている知識と思考力だけが頼りとなる。ということは、日頃どんな知的な生活をしているかが問われるわけだから、よい文章を書くには地道な努力が欠かせない。

3．集まったデータを整理する

　文章の種類、テーマ、分量に合致した必要十分な材料が集まったとしたら、今度はその整理にとりかかる。

　具体的には、まず、分類からはじめる。その材料がただ事実だけを語るデータなのか、評価を含むものなのか、あるいは自分を含めて誰かの意見なのか、この文章全体で主張することは何なのか、といったことを個々の材料ごとに分けるのである。

　基本的には、一つの段落に異なった要素を混ぜるのは好ましくない。混乱を招くからだ。書き手が混乱すれば読み手はもっと混乱する。この手の悪文はよく目にするものだが、同一段落には同一要素のみを集めるという原則を守ることにより、防ぐことができる。

　どんな材料をひとまとめにするかは、その人の感覚とか経験に大きく左右される。そこに個性の違いが発揮されるわけだが、共通しているのはこの作業を進める内にどんな段落で組み立てていったらよいかも自然にわかってくることだ。即ち、材料の整理と段落の展開を考えることは一体化した作業なのだ。

　ちょっと長めの文章を書く時にはこの段落の展開を紙に書いてみるといい。いわば1枚のチャートにすることによって、全体の構成が一目で理解できることになる。もしどこかに不自然なところがあれば、今度は段落同士の入れ替えをしてみる。何回か試行錯誤しているうちにもっとも自然な展開にたどりつくはずである。

4．文の書き出しを考える

　小説でも、新聞や雑誌の記事でも、どんな文章でも書き出しはとても大事だ。人に読んでもらうために書くのだから、第一に読む人の興味を引く書き出しを工夫すべきである。

　といって、びっくりさせるような文句を並べろという訳ではない。ごく自然に読む人の気持ちを本文の中にひきずり込めるのが一番いい。また、書き出しといってもそれだけで独立している訳ではないのだから、その後の段落の展開に自然につながらなくてはいけない。主題との関わり、全体の中での位置付けが必要である。

　ジャーナリズムの世界でしばしば5W1Hということがいわれる。誰が (WHO) いつ (WHEN) どこで (WHERE) 何を (WHAT) なぜ (WHY) どのように (HOW) したか、が記事を書く上での基本になることを意味する。では、すべての記事がこの6要素を満たしているのかとなると、必ずしもそうではない。

　それぞれの記事によって要素間の比重の置き方が違ってくる。有名人の話だったらWHO に重きが置かれるだろうし、特殊な事件や事故だったら WHAT や WHY が大事になってくることだろう。作文や論文でも同じことで、その文章で一番書きたいことが何なのかをきちんと押えておくことが大切である。

　書き手が一番大事に思っていることは、言い換えればその文章の主題である。各段落の

展開は常に主題にからんでいることが望ましい。お話の筋が一本の太い柱となって貫かれていて、話の山場に来て一気に主題が全面的に展開される。こんな構成にもってゆくには、書き出しでそのための条件を整えておかなくてはならない。

　ひとつのテクニックとしては、主題を語るための前提条件をなるべく早めに出しておくことである。日時、場所、登場人物の特徴、会合の性格など、どうしても抜きには出来ないことをあらかじめ説明しておくのだ。前提条件が整えば主人公も登場しやすい。

　即ち、書き出しには、読者を中に引きずりこむ案内役、全体の展開をスムーズに導く潤滑油の役割のほかに、主題登場のための露払い役も狙わされているわけだ。ともかく、書き出しがまずいと構成は乱れるし、途中からはなかなか修正できない。その結果、倍以上のエネルギーを使わされるものだ。そんな苦労を考えると、書き出す前にじっくりと構成を練った方がずっと得である。構想に時間をかけるのには理由がある。（以上、図1）

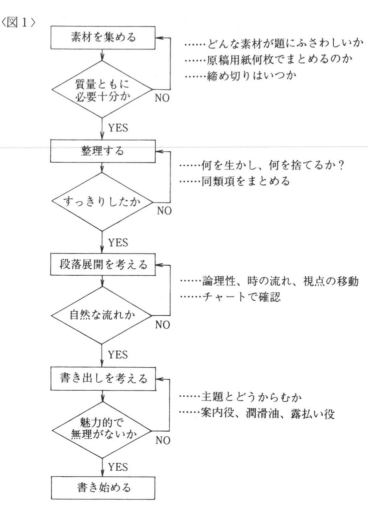

〈図1〉

- 素材を集める　……どんな素材が題にふさわしいか
  ……原稿用紙何枚でまとめるのか
  ……締め切りはいつか
- 質量ともに必要十分か　NO / YES
- 整理する　……何を生かし、何を捨てるか？
  ……同類項をまとめる
- すっきりしたか　NO / YES
- 段落展開を考える　……論理性、時の流れ、視点の移動
  ……チャートで確認
- 自然な流れか　NO / YES
- 書き出しを考える　……主題とどうからむか
  ……案内役、潤滑油、露払い役
- 魅力的で無理がないか　NO / YES
- 書き始める

5．文体を統一する

　日本語には「です、ます調」と「だ、である調」があることは、知っていると思う。この二つの調子を普通は混ぜないで書く。語の持つリズム、ニュアンスの違いから、混ぜた文は読みづらいからだ。

　一般的には、文章は「だ、である調」で書かれる。こちらの方が同じ内容の文を書いても短くて済むという利点があり、読んだ感じにも締まりがあるので多用されるのもしれない。しかし、最近は新聞にも「です、ます調」を原則とするものが現れるなど、考え方が少し変わってきているようだ。

　「だ、である調」がいかにも文語的でちょっとよそよそしい感じがするのに対して、「です、ます調」は口語的で親しみやすい。相手に語りかけるような柔らかな効果をねらう場合には「です、ます調」の方がいい。

　要は使い分けを上手にすればいいのだが、両者の混合はまずい。といっても、たとえば地の文が「だ、である調」であっても、引用文や談話の中身が「です、ます調」であるのは構わない。読む方もそうした枠組を理解して読むので、違和感がないからだ。

　外国人が最初にテキストで学ぶ日本語が「です、ます調」の場合が多いため、日本語の作文でも「です、ます調」から書き始めることが多いようだが、訓練としては「だ、である調」でも書けるようにすることが望ましい。

　というより、本当は逆で、書き慣れると「だ、である調」のほうが文章表現には適していることがわかる。むしろ「です、ます調」の方が書きにくいことは多くの人が認める事実だ。「です、ます調」はテンポが出しづらく、締まりのない表現になりやすい。文末の表現に変化をつけづらく、バランスをとるのが難しいからかもしれない。

6．テーマを解く

　作文や論文には題がいる。その題は誰かから与えられることもあれば、自分で考えることもある。題が決まってそれにふさわしいどんな内容を文章にするかは、一種のパズルのようなもので、それを考える時間が一番苦しいし、だから一番楽しい。

　新聞や雑誌の記事には主題の他に副題、別の言葉で言えば、主見出しの横に脇見出しがつくことが多い。この副題の考え方を作文、論文にも応用すると作業がぐんと進む。つまり、主題を解くのである。

　題は抽象的なものが出されることが多い。それをより具体的に解いてわかりやすくするのが、副題の役割である。たとえば『東京』という題が出されて、すぐ自分の書くイメー

ジが浮かぶ人は少ないだろう。これに「失われゆく江戸情緒」という副題をつければ、昔と今を対比して何かを書くのだなということがわかる。あるいは、「肥大化する国際都市のアキレスケン」とでもすれば、都市構造上の欠陥などを論じるのかなと思う。「そこに住む人、集うひと」なら、東京には居住者と近隣の県からビジネスで流入する 2 種類の人たちがいて、その人たちの違いに焦点を当てようとするものなのだなということがわかる。

　副題をつけてみることで、自分のねらいがはっきりしてくるのだ。逆に、副題がつかない場合には、ねらいがはっきりしていないともいえる。大きな網がかけられた中から自分のねらった魚をとってくる、それが題を解くこと、すなわち副題をつけるということといってよいだろう。

7．段落を区分けする

　書くためのデータはすでに仲間同士でまとめられているはずだが、ここではそれらを実際にどう生かしてゆくかについて考える。

　今、仮に首都圏の地価狂乱についてその対策を考える文章を書くとしよう。最初の段落は導入部＝書き出しなのでここには興味をひく文を工夫する。それは各人にまかせるとして、ここで問題とするのはそのあとの展開である。展開例を提供しよう。

　導入を受けてまず、問題提起をする。いきなり、結論に入るような感がするが、これによって文章全体のねらいがはっきりするはずだ。ただし、この問題提起では細部まで詳しく触れない。次に、地価狂乱の実態紹介がいるだろう。どんなにひどい実態なのかが示されることによって、読んでいる人も筆者の問題提起の必要性に納得できるだろう。

　この実態紹介は、全く客観的なデータ部分とそのデータを分析する部分に分かれる。前者は一つの事例に限らない。必要と思えば幾つでもいいが、象徴的な例を出さなくてはならない。たとえば事例が三つ出たとして、その分析をどう付ければいいだろうか。二つの方法があると思う。一つの事例ごとに分析を付け加える方法と、事例は事例で三つとも出してしまった上でそれらをまとめて分析する方法である。

　分析にはそうした実態がどうして生じたかという理由についての考察も含まれ、その後に実態への評価が来るだろう。その評価の結果、問題提起がなされるのであって、ここで筆者の主張がいよいよ全面展開される。導入の後の問題提起が総論とすれば、ここは各論に当たる。この各論は、分析、評価に続いて課題摘出をしてから、その解決策を考えるような形になるはずだ。（図 2）

　こんなところが、ごく一般的な構成と思われる。ここで注意すべきことは、やはり、違っ

〈図2〉

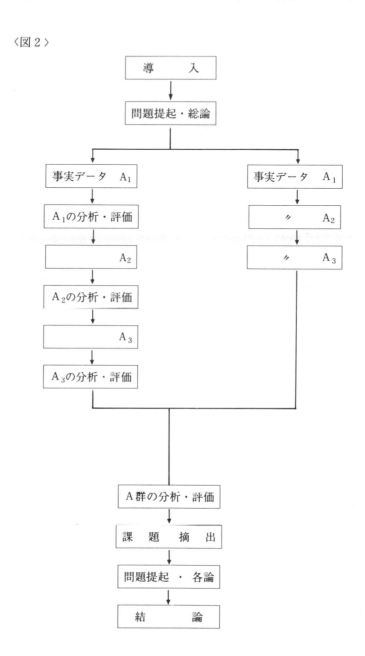

た要素を混ぜないことだ。事実の叙述、その分析、評価、意見、主張、感想などをきちん
と分けることによって文章の骨格がしっかりしてくる。

8．読みやすい流れを考える

　たとえば事実だけを表現するにしても、昔のことと今のことが一緒に出てくると読む方
も混乱する。私たちは時間の流れの中で生きているので、文章もこの流れに沿って書かれ

ると自然な感じがする。原則としては、過在 — 現在 — 未来という順に話が展開したほうがいい。

　時間の流れとは別にもう一つ大事な流れがある。視線である。空間をどう文章表現するか、と言ってもいい。筆者の目がその場でどう動いて行ったか、その移動に沿って書くと自然で読みやすくなる。

　流れという観点から考えると、表現技術としての接続詞の問題がある。日本語の散文では一般的に接続詞は多用しない方がいい文章だと言われる。特に段落の頭に接続詞が来ないようにした方がいい。接続詞が来てもいいのは、学術論文だけとも言われる。

　学術論文では接続詞が来ることによって、論理の展開がいっそうはっきりするという利点がある。「しかし」なのか、「だから」「それゆえに」なのかによって、逆接なのか順接なのかがすぐにわかる。論理が大きな比重を持つ論文では確かにこれは歓迎されることかもしれない。

　裏返せば、一般的な文章では、論理が前面に出るのが嫌われる傾向にあるのだろう。論理的な文章であっても、表面上はそう見せないのが喜ばれるようだ。その方が文章が柔らかく読みやすいのも確かである。そのためにどうするかといえば、段落が自然につながって行く工夫をする。

　次の段落につながるような言葉や内容をすでに前の段落から用意しておくわけだ。前の段落の中に次の段落の用意がなされていて、段落が自然に回転してゆく。これが理想といってよい。そうすれば、接続詞がなくても困らない。

　どうしても接続詞を使わざるを得ない時には、逆接の接続詞が多くならないように工夫すべきである。逆接の接続詞が幾つも続くということは、論理が何度もひっくり返ることを意味する。それに対して順接の場合は一本のままである。どちらが自然で読みやすいかははっきりしている。そして、流れが良ければ順接の接続詞は使わずに済むはずである。

9．論理を一貫させる

　同じ前提から出発しても結論が人それぞれで異なることはよくある。文章を書くのは数学の問題を解くのとは違うからだ。それまでの人生経験や思考体験の差が出てくるからこそ面白いのであって、誰が書いても同じ文章になるのだったら、文章を書く意味がない。

　作文や論文の試験でも、結論の違いは問われない。といっても、反社会的な結論では困る。それだけは例外として、いかにその結論に達したかというプロセスが問題となる。きちんとした論理で貫かれていて、それがどれだけ説得力を持つかが問われる。

　途中で論理がねじれていて、致底達しないはずの結論にむりやり結びつけられているような文章ではいけない。無理のないすっきりとした論理で貫かれていて、しかも、理屈だけで終わらせないための肉付けもきちんとなされているのが望ましい。

　論理の一貫性を補強するのは、説得力であり、その説得力を生みだすものは時には数字的裏付けであったり、現実の姿そのものであったりする。信頼に値する文献や談話の引用などもよくお目にかかる方法だ。その文章にふさわしい裏付けを自分で工夫して出すべきだろう。

　前提から論理を経て結論が導かれる過程を言いかえると、仮説 ― 論理 ― 検証という道筋になると言ってもよい。これは科学の一般原理と言える。即ち、筋が通ってわかりやすく、説得力のある文章を書くという作業は科学そのものでもあるのだ。

10. 全体のまとまりをつける

　同じ材料を使っても料理の味に差があるように、文章にも味の違いがある。それは個々の言葉の違いにも原因があるが、たとえ同じ言葉を使ったとしても全体の構成の仕方によっても印象はまるで違ってくる。

　全体のメリハリをどうつけるかは大いに悩むところだ。よく言われる構成に「起承転結」がある。頼山陽が漢詩を作る時の心得として残したといわれる俗謡に「京都三条糸屋の娘　姉は十六妹は十四　諸国大名は弓矢で殺す　糸屋の娘は目で殺す」というのがある。第三段落の「転句」は前の二段とまったく関係のないことのようで、最後の「結句」で見事に関連づけられ、全体もこれでぴたりと収まりがついている。

　これは長い文章の段落構成にも応用できる。書き出しでおやっと思わせ、次の段落ではそれを継承して論を進める。その後、本筋からちょっと離れた話題へ外して、最後に本筋に話を戻しながら前段の話題も実は本筋と大いに関係があったことを明かす。巧みに変化をつけた構成と言っていいだろう。

　電気の強さは電圧と電流の二つの側面から測られる。それにたとえると、「起承転結」は文章の"電圧"を現しているのかもしれない。では、"電流"は何か。舞学・能学の構成形式に「序破急」というのがある。この考え方が電流に当たるかもしれない。全体を三つの部分に分け、はじめは静かに滑り出し、しだいにスピードを上げて、突然調子を一転させ、クライマックスへと一気にかけのぼる。文章構成の山のつけ方とは別に、これを文章のテンポ面で応用すれば、「起承転結」と「序破急」の両方を兼ねた文章を書くのも不可能ではないだろう。

　こうした考え方を知っていてもなかなかまとまりをつけづらいのが現実である。もっと具体的な技術としては、出だしと結語部分とを響かせ合うという方法がある。落語の「落ち」などにもしばしば見られるやり方だが、割と簡単に使えて便利だ。

　新聞の社会面の左下の隅には「止め記事」というのがある。右斜め上から記事を読んできて最後に目が行くのがその部分なので「目を止める」「目が止まる」という意味でその名がついている。この記事は小さな軽い囲み記事となっており、短い中でいかにまとまりをつけるかの見本と言ってもよい。

　通常は三コマで構成されていることが多い。その組み立ては大体が、面白いことなのか、困ったことなのかといった評価を含む形での話題の紹介、そのいきさつや事実の中心部分の展開、話題の解釈や将来展望などによる「落ち」、というようなのが一般的である。

　この「落ち」には最初の段落や主題と関係の深い言葉や内容、かけ言葉などが用いられることが多い。どこかで主題と響き合わせることによって、落ち着くところに落ち着いたという感じを与えることができるのかも知れない。逆に主題から離れたまま終わるといつまでも不安定な気分を残してしまう。長い文章で、途中で話題がいろいろと広がっても最後に元へ戻ると読者が安心するのも、こんな心理作用によるものだろう。

11．言葉のレベルをやさしくそろえる

　外国人の作文にはいろいろなレベルの言葉が混じっていることがある。日常会話的な打ち解けた表現が出てきたかと思うと、次には学術論文にしか出てこないような難しい漢語が出てくるといった具合だ。

　せっかく覚えた言葉だからどうしても使ってみたいという積極的な気持はわかるが、これはやはり注意すべきことだろう。普通は公式文書などの特別な場合を除いては柔らかい文章をかくように努めたほうがいい。軟らかい文章は読む方も疲れないし、同じことを語るにしても相手によく伝わるからだ。

　日本人でも学者などは難しい表現しか使わない人がいる。難しいことを難しく書くのはけっして難しいことではない。難しいことをやさしく書くことの方がずっと難しい。

　一般的には漢語、とくに四字熟語は硬い印象を与える。成句となっているので、言いたいことを表現するには便利な面もあるが、型にはまった表現という感じも与えがちである。すなわち、ステロタイプ（類型）化した思考に結びつきやすく、書き手の個性を殺すことが多い。

　字面から言っても、漢字がくっついて並んでいると、硬い感じがする。それは耳に与え

る感じも同じことで、「着席する」というよりも「席に着く」といった方が柔らかい。「ちゃくせき」は音読みであり、そこに着目すれば、漢語よりも和語の方が目にも耳にも柔らかく響くと言える。「当然」と「当たり前」、「諦念」と「あきらめ」など、例は幾らでも挙げられることだろう。

　今度は言葉のレベルということで考えると、現代では言文一致を原則としているので、文章を書くからといって特別な言葉づかいをする必要はない。口語表現に等しい言葉で書いて構わないわけだが、くだけ過ぎた表現でもいけない。文末に急に「ね」「だよ」などという言い方が飛び出してくるのはやはりおかしい。日本語初級レベルの外国人にはときどき見られるようだ。もう少し上達すると、難しい漢語を並べたがる傾向もあるようだ。どちらもごく日常的な言葉づかいに改めるべきである。

　言葉そのものではないが、論じ方でも読む方の印象はずっと違ってくる。原則としては、抽象論よりも具体論のほうが軟らかい。観念的な話をいつまでも続けられては、読む方は退屈してしまう。身近な興味深い話題やその人しか書けない話題を用意することも文章を軟らかくするひとつの技術と言える。

12. 同じ言葉を繰り返さない

　言葉はたくさん知っていた方がいい。だけど、いかにも知識を自慢するような難しい言葉を乱用するのはよくない。これが基本作法といってよいが、たくさん知っている言葉を上手に生かす場面はある。

　日本語の文章では同じ言葉を何回も使うのはあまりいいことではないとされている。「田中」という一人の女性が登場するとして、この人を示すのに、「田中さん」「田中女史」「その人」「あの人」「彼女」「その女」「あの女」「女」「その女性」などの外、田中さんが母親だったら「お母さん」「母」「母親」「ママ」「おふくろ」など、妻だったら「田中夫人」「妻」「女房」「家内」から「うちのやつ」に至るまでじつに様々な呼び方ができる。

　「私」がいつでも「私」のままでは工夫がない。分かりきった主語や目的語をそっくり省略するのも立派な文章技術である。その他、代名詞や指示詞を効果的に使う手もある。人を表す言葉だけでなく、この原則はもっと広く適用される。それだけ工夫の余地が大きいのも日本語の特徴なのかもしれない。

13. 決まり文句、パターン思考を避ける

　「目を白黒」「青い目の…」「複雑な気持」など日本人の書く文章には決まり文句がよく顔を出す。外国人と見たら「青い目」を連想するのは明治以来の西欧コンプレックスの現

れに他ならないが、こうした決まり文句はもう少し深くその意味を考えたら使えなくなる物が多いことに気づくはずだ。

　外国人がまさか作文で「青い目の…」とは書かないだろうが、日本人の文章で勉強する内に日本人的な決まり文句をそのまま学んでしまうということはあるだろう。「複雑な気持」というのはどんな気持なのか、説明するにはそれこそ複雑すぎる。

　決まり文句は必ずしもその時その時の筆者の気持を表現するのに適切な言葉とは言えない。というよりも、むしろ不適切なことの方が多い。多数の人と共通のイメージを描くためには便利なこともあるが、時間のある時には背伸びせずに自分の知っている言葉を上手に使いこなす方が表現の練習にもなる。決まり文句の乱用は、文章の個性を殺し、内容を貧しくする。それはまた、思考を停止させ、いつでも枠にはまった考え方しか出来なくなることでもある。

14.　修飾、被修飾関係をはっきりさせる

　悪文には、どちらかというと長文が多い。文が長くなると、修飾、被修飾関係があいまいになりがちである。ひどい場合は、書いている途中で言葉のかかり具合を書いている本人が忘れてしまい、動作主体だけを出しておき、それに呼応する動詞が出ないままに文が終わってしまうというケースもある。

　次の文を検討してみよう。「田中さんがなかなかよく書けていると昨日私が母のことを書いた文章をほめてくれた」という文章は、「田中さんが」はどこに続くのか最後になるまでわからない。「昨日」が文章を書いた日なのか、ほめてもらった日なのかもわからない。言葉をいれかえるだけでそこら辺がすっきりする。

　内容を分析して、私が母のことを文章に書いた、昨日それを田中さんがほめた、田中さんのほめた言葉は「なかなか良く書けている」だった、という三つの要素から成り立っていた、としよう。

　「ほめてくれた」主体は「田中さん」なのだからまず第一にこの二つの要素をくっつけなくてはならない。すなわち、「田中さんがほめてくれた」とする。つぎに「昨日」の位置に注意する。作文を書いたのが昨日ではなく、ほめられたのが昨日だとしたら、「昨日」も「ほめてくれた」に近い位置にあるほうが誤解が生じない。「昨日、田中さんがほめてくれた」とすればいいだろう。「なかなかよく書けている」はほめ言葉の内容なのだから、これも「ほめてくれた」の直前がいい。「昨日、田中さんが『なかなかよく書けている』とほめてくれた」となる。そして、残った要素はそっくり前へ出して、「私が母のことを

書いた文章を、昨日、田中さんが『なかなかよく書けている』とほめてくれた」とするのが良いだろう。

　だが、これですべてがOKかと言うとちょっと違う。そもそも誤解を招くような長い文は書かない方がいいのだ。「私は母のことを文章にした。それを昨日、田中さんが『なかなかよく書けている』とほめてくれた」という二つの文に分ければ、言葉のかかり具合に頭を悩ませることもないし、文自体も締まりの良いものになる。

　関係の近いもの同士は近くに置く、というのが、大原則。だが、それよりも優先するのが、複雑な修飾、被修飾関係を含む文章は誤解を招かないために単純な文に分解する、という原則である。

15. 感情は抑え気味に、肩の力は抜く

　論文に場違いな情緒的な言葉が入ってくると読む人は戸惑う。それがエッセイでも事情はそう変わらない。感情が入り過ぎる文章は読んでいて疲れるし、筆者が思っているほどには心が伝わらない。

　悲しいことを伝えるのに「悲しい」「悲しい」と嘆いてばかりいては、読む方もうんざりとしてしまう。楽しかったことや嬉しかったことも書いた上で、その喜びが壊されるような事態になってしまったことを淡々と書いた方が、悲しい気持がずっとよく伝わる。その上で考えぬかれた情緒的な言葉が適切な場所にきちんと使われればいっそう効果的だ。

　悲しみだけでなく、これは喜怒哀楽すべてに通じる。どうしてそういう気持になったのかという経過なり理由づけの方をていねいに描くことによって、読む人の共感が得られる。やはり事実の重みが物を言うのかもしれない。

　人によっては演説が得意な人がいるが、肩に力の入った演説調の文章も人の心を揺さぶらない。実際の演説は聴衆を前にしているので、言葉だけではなく、身振り手振りも入っている。言葉以外の情報があり、それが言葉を補強し、さらに聴衆の反応を見ながら演ずるので、おおげさな表現を用いてもおかしくないのだが、文章だけで伝えるときにはおおげさな表現は好ましくない。

　感情も力も抑え気味に、そしてそれを出す時にはそのように表現してもおかしくないだけの理由づけを十分に示してからにすべきである。

16. 書いたら何度も読み返せ

　原則として文章は「推こう」を重ねた方が良くなる。一筆書きの絵を書くのではないから、時間が許せば何度でも見直したほうがいい。ただ、もっとも気をつけなくてはならな

いのは、最初に書いた文章の勢いを弱めてしまうことだ。

　気分が乗って一気に書きあげたような文章には独自の勢いがある。時間をかけて推こうすると、頭が書きあげた時とは違う働き方をして文の勢いを殺してしまうことがある。この点には注意が要る。

　推こうですべきことは、まず最初に字や言葉づかいの間違いの訂正である。次に、間違いではないが、直した方がよくなる部分の手直しとなる。同じ言葉が何度も出てくる場合には言いかえたり、単調な語尾が連続する場合には変化をつける。さらに無駄な材料は削ることもある。あるいは段落を入れかえて流れをすっきりさせたり、論理の筋道を通しやすくすることも必要だ。

　このことからも分かるように、初心者の場合には、多めに書いて削ってゆくやり方がいい。推こうで次から次へと書きこみが増えるのはよくない。必要な準備をきちんとせずに書き始めると、後で書き足したくなるものだ。削ることで、文章は締まってゆく。同じ内容を語るのに３よりも２で済めば２の方がいいし、１で済むならもっといい。

　無駄のない文章をいきなり書こうとしても難しいが、丁寧な推こう作業を積み重ねているうちに最初から締まった文章が書けるようになるはずである。自分の文章を自分で手直しするのは愛着心もあってやりにくいものなので、他人の目で自分の文章を見るという訓練も大事だ。他人の文章というものは意外と大胆に削れるものである。

　もう一つ見逃せないのが、自分の書いた文章を声に出して読んでみることだ。リズムのない文章はすぐわかる。たいていは読みづらい個所がリズムを乱しているのだから、その部分をすっきりとなるように手直しをすればよい。

「だ・である」「です・ます」の使い方

　外国人が文章を書く時に悩むのが文末である。まず、「だ・である」と丁寧形の「です・ます」のどちらを使ったらよいかで迷う。この両方の形を混ぜて用いる例もよく見かけるが、原則としてはどちらか一方に統一して欲しい。では、統一したとして、今度はこれらが出てこない場合にはどうしたらよいかと迷うことだろう。ここでは文末の終わり方についての勉強をする。

原則

　名詞・形容詞、動詞の後には次のようにつながる。（○は接続可能、×は不可能）

		非　過　去				過　　　去		
名　詞	東京は世界有数の大都市〜							
	○	だ	○	である	○	だった	○	であった
	○	です	×	*ます	○	でした	×	*ました
ナ形容詞	彼はとても丈夫〜							
	○	だ	○	である	○	だった	○	であった
	○	です	×	*ます	○	でした	×	*ました
イ形容詞	あの人は美しい〜							
	×	だ	×	である	×	だった	×	であった
	○	です	×	ます	△	でした	×	ました
動　詞	車を運転する〜							
	×	だ	×	である	×	だった	×	であった
	×	です	○	(する→し)ます	×	でした	○	(する→し)ました

　○名詞とナ形容詞、動詞とイ形容詞はそれぞれよく似た接続をする。

　○※印の「ます」「ました」には「であり」（「である」の連用形）をつけると○になる（接続できる）。

　○動詞、イ形容詞の「ます」「ました」以外の語尾には助詞の「の」（強調や断定を表す）を間に入れれば接続できるようになる。（例・あの人は美しいのだ）

　○イ形容詞はそのままで言い切れるので、ふつうは何も接続させない。過去形も形容詞自体を変化させて〈美しかった〉とする。

　○動詞の「ます」「ました」では動詞を連用形にして接続させる。

整理

　○「だ」は体言（名詞、代名詞、数詞など概念を表し、活用がない語）とそれに準

ずるものにつく。

○「である」は「で」＋「ある」（動詞）で、「で」は助動詞「だ」の連用形。

○「です」は、「だ」の丁寧形で接続は「だ」とほぼ同じ。

○「ます」は、動詞や動詞型活用の助動詞（使役の「せる」「させる」受身、尊敬
　の「れる」「られる」など）の連用形（用言―動詞、形容詞など、につながる形）
　につく。

○以上を総合すると次の接続パターンがあることがわかる。

　　　　名詞、ナ形容詞──→だ・である・です/だった・であった・でした

　　　　　　　　　　　　──→であります/でありました

　　　　イ形容詞　　　──→です

　　　　動詞　　　　　──→（し）ます/ました

練習

Ⅰ. 次の文を「です・ます」調に書き改めなさい。

　国境の長いトンネルを抜けると雪国であった。夜の底が白くなった。信号所に汽車が
止まった。向側の座席から娘が立って来て、島村の前のガラス窓を落した。雪の冷気が
流れ込んだ。

（川端康成『雪國』より）

　敏感なある外国人が、日本の国内を旅行して、私にこういったことがある。東京の人
間には、自分のすることに対する自信がない。初めはそれが日本人の特徴かと思われた
が、農村へ行ってみると事情がまったく違う。外国人に対し、いうことなすことのすべ
てについて、農村の人々には自信と落ち着きがある。

（加藤周一『近代日本の文明史的位置』より）

　記録的な冷夏と長梅雨は家庭の台所も直撃している。生鮮野菜の生育が日照不足で大
幅に遅れ、じりじりと値を上げているためだ。東京では品薄となったキュウリ、ナス、
トマト、キャベツなどが軒並み、昨年今ごろに比べると二倍前後という値段。

（朝日新聞1988年7月30日朝刊より）

　○「です・ます」に直すと感じがどう変わるか。
　　多分、『雪國』は原文の緊張感が失われ、論文は講演原稿のようになり、新聞記
　　事はテレビやラジオのニュース原稿のようになったことだろう。

Ⅱ．次の文を「だ・である」調に書き改めなさい。

　　第一に申し上げたいことは、旬（しゅん）の物をえらぶことです。旬のものが何故う
まいか、これは言うまでもないことでしょうが、たとえば女ざかりと同じなのです。魚
ならば産卵期の前がもっとも脂がのりきっていて、養分が充満している状態。野菜にし
ても細胞が密になっていてなんでもそのものの絶頂にある、いわば人生の華と同じです。
まずいわけがありません。　　　　　　　　　　　　　　（辻嘉一『料理のお手本』より）

　　最後に、このような学習会で必ず出される質問にお答えしておきたいと思います。そ
の質問とは、「何をすればいいのですか」という絶望にも近い叫びです。しかし、その
答えはありません。なぜそのような質問を受けなければならないのか、私には分かりま
せん。自分が殺されようとしている時、「何をすればよいのですか」と他人に尋ねる人
間はないと思うからです。　　　　　　　　　　　　　　（広瀬隆『危険な話』より）

　　　○上の二つとも読者あるいは聴衆へ呼びかける調子のものである。「だ・である」
　　　　にするとどう変わるか、考えなさい。

まとめ

　　　○二つの調子のどちらを使うかは、自分が書こうとする文章の内容で決まってくる。
　　　　一般的傾向としては「だ・である」は文語的で堅く、「です・ます」は口語的で
　　　やわらかい感じがする。
　　　○体言止めは文語の方がふさわしいが、口語にも使える。多用によって文章の流れ
　　　　を乱す恐れがある場合には、体言接続の助動詞をつければいい。
　　　○「だ・である」調の文章では、動詞、イ形容詞は何も接続せず、それ自体を変化
　　　させて使うのがふつう。
　　　○連用形接続、テ形接続で叙述が続く場合、「です・ます」調の文では文末だけを「で
　　　す・ます」にすればよい。
　　　　（例　日曜日にはデパートへ行き、買い物をして、レストランで食事をしてきま
　　　　した）

論文の課題

日本語の文章の文末についてそれぞれの特徴、用い方などについてまとめなさい。

引用する

　著作物や講演記録などから引用して文章を書く場合、何種類かの引用の仕方がある。以下にその型と例文を示すので、練習してみよう。

$$\left\{\begin{array}{ll} \text{A．著者、発言者} & \text{B．出典　『　』} \\ \text{C．引用部分「　」} & \text{D．論ずるテーマ} \end{array}\right\}$$

Ⅰ．Aの『B』に $\left\{\begin{array}{l}\text{よれば}\\\text{よると}\end{array}\right\}$、Dは「C」$\left\{\begin{array}{l}\text{という（ことだ）。}\\\text{（だ）そうだ/そうである。}\end{array}\right\}$

　　例①　野村無名庵の『落語通談』によれば、落語のオチは「11種類ある」という。

　　　②　ルース・ベネティクトの『菊と刀』によると、日本人は「アメリカがこれまでに国をあげて戦った敵の中で最も気心の知れない敵であった」という。

Ⅱ．DについてAは『B』$\left\{\begin{array}{l}\text{で}\\\text{の中で}\end{array}\right\}$「C」と $\left\{\begin{array}{l}\text{言っている/述べている/書いている}\\\text{語っている/主張している/説明している}\\\text{/訴えている}\end{array}\right.$

　　例①　日本語について、小説の神様と言われた志賀直哉は『改造』の中で、「吾々（われわれ）は子供から今の国語に慣らされ、それ程に感じてはいないが、日本の国語ほど、不完全で不便なものはないと思う」と書いている。

Ⅲ．その他のパターン

　　○AがDについて書いている『B』を引用しよう。「C」。これは～

　　○Aの『B』はDについてこう言っている。そのくだりを引用する。「C」

　　○Aの『B』にこんな記述が見られる。Dは「C」というのだ。

　　○『B』でAはこう言っている。「C」

　　○AはDについてどう考えているだろう。『B』の中で「C」と言っている。

　　○Dについて「C」と書いたのはAで、『B』の中でそう書いている。

　　○『B』を引用すると―。「C」

　　○Aの『B』を開いてみる。ここにはこう書いてある。「C」

　　○Aの『B』から―。「C」

Ⅳ．引用した著書や雑誌、新聞名を最後に書く場合は次のようにする。

　　「　　　　　　　」（『朝日新聞』1988年7月31日朝刊）

　　「　　　　　　　」（井上ひさし著『私家版日本語文法』35ページ、新潮社刊）

「　　　　　　　　」（月刊誌『世界』1988年7月号）

練習　次のＡ、Ｂ、Ｃ、Ｄを Ⅰ、Ⅱ、Ⅲ のパターンの中に入れて文を作りなさい。

Ａ・ロシアの作家、ドストエフスキー

Ｂ・『死の家』

Ｃ・「それにしても、人間は生きられるものだ！　人間はどんなことにでも慣れられる存在だ。わたしはこれが人間のもっとも適切な定義だと思う」

Ｄ・人間

Ａ・被爆作家・原民喜

Ｂ・『遙（はる）かな旅』

Ｃ・「もし妻と死に別れたら一年だけ生き残ろう、悲しい美しい詩集を書き残すために……」

ここではＤはない。パターンからＤを除外して考えればいい。

Ⅴ.「　」を使わない引用の方法もある。Ⅰの例②を書き改めると下のようになる。

ルース・ベネディクトは、日本人について、アメリカがこれまでに国をあげて戦った敵の中で最も気心の知れない敵であった、と『菊と刀』という本の中で書いている。

練習　他の例文も「　」なしの引用文に書きかえなさい。

①野村無名庵は、＿＿＿＿＿＿について、＿＿＿＿＿＿と『＿＿＿＿』という本の中で＿＿＿＿＿＿。

②志賀直哉は、＿＿＿＿＿について、＿＿＿＿＿＿＿＿＿＿＿＿＿＿＿＿＿＿＿＿＿＿＿＿＿＿＿＿＿＿＿＿＿＿＿＿＿＿と＿＿＿＿＿＿の中で＿＿＿＿＿＿。

③ドストエフスキーは、＿＿＿について、＿＿＿＿＿＿＿＿＿＿＿＿＿＿＿＿＿＿＿＿＿＿＿＿＿＿＿＿と＿＿＿＿で＿＿＿＿＿。

論文の課題

テーマ（たとえば、人生、人間、日本人、日本語、日本文化、科学、恋愛、友情など）を決め、次に引用できる素材にどんなものがあるかを考えなさい（著作物、講演録、新聞・雑誌の記事、教科書、読本、人から聞いた話など）。必要な素材を集めてから、自分の考えと引用文を交じえながら作文しなさい。

５Ｗ１Ｈとは

　いつ（WHEN）どこで（WHERE）だれが（WHO）何を（WHAT）なぜ（WHY）どのように（HOW）したのか―が新聞記事の基本。前文（リード）にはこの中の必要な要素が詰めこまれている。次の記事を見てみよう。

　<u>キリンビール</u>は<u>20日</u>、<u>円高差益を還元するために</u>、<u>500ミリリットル入りの缶ビー</u>
　WHO　　　　（WHEN）　　　　WHY　　　　　　　　　　　　　WHAT

<u>ル５品種の出荷価格を</u>　<u>１本当たり10円引き下げ</u>、<u>希望小売価格を</u>　<u>現行の280円か</u>
　　　　　　　　　　　　　HOW　　　　　　　　　WHAT　　　　　　　HOW

<u>ら270円にする</u>、と発表した。<u>21日から実施する</u>。国産ビールの出荷価格の引き下
　　　　　　　　　　　　　　　WHEN

げは戦後初めて。小売価格が下がるのは昭和37年の酒税の減税以来だ。サッポロビー

ル、アサヒビール、サントリーの各社も追随する。

（1988年４月21日付朝日新聞朝刊）

　上の記事では WHERE 以外の要素が充たされている。日本全国で実施する話であることが内容から了解されるので WHERE は要らない。後半部分にはニュースの意味づけ、他社の動きも紹介しており、これに続く本文を読まなくとも記事の大事な大要はつかめる。

　　| 事実紹介 | ⟶ | その意味 | ⟶ | 将来への影響 |

　５Ｗ１Ｈを並べる順序は、その記事中に各要素が占める比重によって異なる。この記事では業界最大手のキリンビールが値下げの方針を打ち出した点に意味がある。また、すべての記事に５Ｗ１Ｈが全部顔を出すわけではない。事件、事故の第１報と続報は、それぞれの時点で明らかになったデータで構成され、続報では既報分のデータが省略される。

練習

下の表を見て記事を書きなさい。

	〈火事〉		〈交通事故〉
いつ	5月9日午前11時ごろ		5月5日午後2時ごろ
どこで	JR 山田駅事務室		箱根の十国峠付近の国道
だれが	3人がやけど		大型観光バスとマイカー
（何が）	鉄筋コンクリート建て駅舎	（何を）	正面衝突して、バスの乗客
	500平方メートルの内50平		10人が軽いけが、マイカー
	方メートルを焼いた		運転者が重傷を負った
影響	山手線、京浜東北線の列車		国道が30分間交通止めとな
	のダイヤが2時間にわたっ		り、渋滞した
	て乱れた		
なぜ	タバコの火の不始末と見ら		マイカー運転者が疲れて居
	れている		眠り運転した
どのように	火は壁から燃え広がった		センターラインをはみだし
	山田消防署が5台の消防車		た
	を出動して20分で鎮火した		

作文例

　5月9日午前11時ごろ、ＪＲ山田駅事務室から出火、火は壁から燃え広がって鉄筋コンクリート建て駅舎500平方メートルのうち事務室内部50平方メートルを焼いた。この火事で駅員3人がやけどを負った。山田消防署は5台の消防車を出動させて消火に当たり、火は20分ほどで消えたが、この火事の影響で山手線、京浜東北線の列車ダイヤが2時間にわたって乱れた。

　原因は、山田署などの調べによると、駅員のタバコの火の不始末と見られている。

応用

　上の2例以外にもさまざまな事件、事故を想定し、5Ｗ1Ｈを教室で出し合い、記事を書いて、事実をわかりやすくまとめるコツをつかんでみよう。

起承転結について

「起承転結」は漢詩の絶句を組み立てる型として考えられた。1句が5字の五言絶句と7字の七言絶句があり、いずれも起・承・転・結の4句から成り立つ。それぞれの句の役割は次のようになる。

起……言い起こし　　　　　（導入）

承……起句を受け継ぐ　　　（継承）

転……見方を変えて発展させる（発展）

結……結び　　　　　　　　（まとめ）

日本ではやがて文章論に用いられるようになり、江戸時代の学者、頼山陽の俗謡が有名。

京都三条糸屋の娘　　　　（起）

姉は十六　妹は十四　　　（承）

諸国大名は弓矢で殺す　　（転）

糸屋の娘は目で殺す　　　（結）

これをさらに検討してみると、四つの句は次のような内容だと言えるだろう。

起……主題を示す。興味深い話、人目を引く出だしなどで関心を引きつける。

承……主題の中身をさらに詳しく述べる。

転……表面上は主題から離れ、違う事実や見方を紹介する。

結……大事な点をおさえて、まとめる。

練習　次の文はじん肺という職業病について書かれたものだ。正しい順に並べかえよ。

A．この病気は肺に粉じんがたまって起こり、やがて全身症状へと広がる。一度かかったら治らない恐ろしい病気だが、予防法はある。粉じんを吸わなければいいのだ。

B．じん肺は、日本では昔から金属鉱山などで「よろけ」「よいよい」などと呼ばれて恐れられていた病気である。重症者はその名の通り、体がよろけだす。

C．とすれば、世界最古の職業病と言ってもよいのだが、不思議なことに今なおこの病気は職業病としては最多の患者を抱えている。予防法が確立されているのに、こんな悲惨な状況が続いているのは、人間の愚かさを象徴するものかも知れない。

D．その歴史はギリシア時代の医師ヒポクラテスの報告までさかのぼるので、ざっと控え目に見ても2千年以上に達する。

　　A、B、C、Dの内容を考えてみよう。

　　Aは病気の原因、症状、予防法。Bは病気の呼び名、典型的症状。Cは悲惨な現状
　とそれが意味するもの。Dは歴史。

　こんな性格づけが可能だろう。とすれば、B（主題）―A（詳細）―D（歴史）―C
（まとめ）という流れで、これらを並べるとすっきりするはずである。

　言い回し（各段落によって、よく使われる表現がある）

　　　起　　～は～である（であった）　　～は～する（している／した／していた）

　　　承　　さらに詳しく見る（点検する）と　　たとえば～　　具体例をあげると～
　　　　　　～の調査（統計／資料／話）によると

　　　転　　見方を変えると　　～へと話題を転ずれば　　一方　　他方　　こんな見方（考え方）
　　　　　　もある　　角度を変えて見ると

　　　結　　このように考える（見てくる）と　　結局　　以上を総合すると　　結論は～
　　　　　　～を象徴する（している）　　～を意味する　　～と言える（言えそうだ）
　　　　　　～と言っても過言ではない　　将来への～としたい（すべきだ）　　～が大事だ
　　　　　　～ではないか（ないだろうか／なかろうか）

　作文例

　私が日本へ来てまだ友達がいなかった時、一番の仲良しになったのはテレビでした。毎
日帰宅するとすぐテレビのスイッチを入れ、寝るまでずっとつけっ放しでした。

　テレビにはいろいろな人が登場し、いろいろな日本語を話します。日本語を勉強してい
る私には生きた日本語を教えてくれる先生の役割も果たしてくれました。特にコマーシャ
ルは画面がきれいで、見ていても飽きません。

　でも、そのうちに何だか変だなと思うようになりました。コマーシャルに出てくるのは
日本人ではなく西洋人ばかりです。言葉も英語ばかりです。ここは日本なのにどうしてこ
んなに「ガイジン」が出てくるのかな、と考えました。……（以下略）

　論文の課題

次の題から好きなものを選び、段落にきちんと起承転結をつけて作文しなさい。

　　　「今一番関心があること」「日本の若者」「テレビのコマーシャル」

B．10のトピック

1．私の日本語学校　—事実を表現する—

　事実を正確に表現するのは、作文や論文の勉強の基本となる。最初に一番身近な題材として日本語学校を取り上げる。自分たちが今学んでいる学校の内容を紹介してみよう。

Ⅰ．盛りこむべき要素

　1．学校の所在地、名前

　　　便利な場所にありますか。通うのにどれくらいの時間がかかりますか。

　2．クラスの数と自分が所属する名とレベル

　　　クラスはどんな分け方がされていますか。あなたはどれくらいの期間、日本語を
　　　習っていて、どんなクラスに属していますか。

　3．学生の人数と国籍

　　　1クラス平均して何人くらい、全体では何人くらいの学生が在籍していますか。
　　　どの国の人が多いですか。

　4．科目、授業時間

　　　言葉の学習には、話す、聞く、読む、書くという四つの技能習得が欠かせません。
　　　あなたの学校では、1週間の時間割をどのように組み、これらの科目をどう配分
　　　していますか。何か特別な科目や行事などがありますか。

　5．教師

　　　何人くらいの先生が授業を担当していますか。男女の別、年齢構成はどうなって
　　　いますか。人によって教え方が違いますか。

　6．授業の進め方

　　　言語教育の方法は大別すると、授業中は学ぶべき言語しか使わない直接法と、説
　　　明などのために学生の母国語かそれに準ずる媒介語を用いる間接法の2種類があ
　　　ります。そのどちらを使って、具体的にはどんな進め方がされていますか。

　7．学習の目的

　　　級友の中にはいろいろな人がいるはずです。その人たちとあなた自身の日本語学
　　　習の目的は何ですか。

　8．教室のようす、学校のようす

部屋の広さ、机の配置、環境などはどうですか。学校の施設は充実していますか。

Ⅱ．関連語句

所在地　便利　不便　クラス分け　初級　中級　上級　国籍　技能　時間割　カリキュラム　科目　行事　担当　直接　間接　母国語　媒介語　級友　教師　読解　聴解　会話　対話　討論　ディスカッション　絵教材　視聴覚教材　役割練習　能力　試験　入学　進級　卒業　進学　就職　遠足　スピーチコンテスト　社会見学　質問　回答　質疑応答　図書館　ロビー　食堂　休憩(室)　受付　事務室　所属(する)　在籍(する)　習得(する)　配分(する)　構成(する)　板書(する)　表彰(する)

Ⅲ．言い回し・文型

1．〜が欠かせない

　　ａ．日本人の朝食にみそ汁が欠かせない。

　　ｂ．日系企業への就職には日本語習得が欠かせない。

2．〜を大別すると、〜

　　ａ．大学の学部を大別すると、文科系と理科系に分かれる。

　　ｂ．クレッチマーの理論で人間の気質を大別すると、そううつ質、分裂質、てんかん質の三つになる。

Ⅳ．論文の課題

①最初は、八つの〈盛りこむべき要素〉のすべてを入れて、学校の紹介をしてみよう。その場合、表現の一般原則は　大　→　小　となる。つまり、全体的な話を先にしてから、具体的な細かい話に移ってゆく。要素項目の１〜８はほぼこの線に沿って並べられてあるので、この順に話を続けてゆけば大体まとまりの良い文章になるが、７を３と、８を２と一緒にするような工夫もしてみよう。（600〜800字）

②次の段階として、項目間の強弱をどうつけたら良いかを考えてみよう。大事ではない項目は省略し、大事な項目を詳しく書くようにしよう。（800字以内）

③さらに、これらの項目の中で自分が一番関心のあるものだけに絞って書いてみよう。その際は、事実描写だけではなく、その事実に対して自分がどう考えたか、どのように感じたかなどの主観的な文章も加えてみよう。（800字以内）

２．日本語の特色　―事実を表現する―

　これまで習ってきた日本語の特色を分析的に整理してみる。そのためのステップとして次の質問に答えてみよう。わからない場合は調べてみよう。

Ⅰ．質問

1．日本語の母音、子音、音節の数はそれぞれ幾つですか。それはあなたの母国語と比べて多いですか、少ないですか。

2．日本語の発音は難しいですか、やさしいですか。

3．日本語の文字にはどんな種類がありますか。

4．日本語のことばにはどんな種類がありますか。

5．日本語の便利な点と不便な点はそれぞれどんなところですか。

6．日本語の習いやすい点、習いにくい点は？

7．日本語ブームが今起きているのはどんな理由からですか。世界のどんな国のどんな人たちがどんな目的で日本語を習っていますか。

Ⅱ．データ

　　○日本語の母音は 5 、子音音素は13ないし14で、半母音音素は 2 とされている。その組み合わせによる音節は110前後が認められている。

　　○日本語の難易度（文化庁「ことば」シリーズ10『日本語の特色』より）

	入り やすい○ / がたい×				達し やすい○ / がたい×			
	A	B	C	D	A	B	C	D
聞く	○	×	×	○	○	×	○	○
話す	○	○	○	○	○	○	○	×
読む	×	×	×	○	×	×	×	○
書く	○	×	×	○	×	×	×	○

※ＡＢＣＤは語学の専門家で、
　Ｄは外国人

　　○日本語のことばには、大和ことば（和語）、漢語、外来語、それらが混ざった混種語がある。

　　　　和語（やま、かわ、赤い、おだやか）漢語（樹木、岩石、行動、感情）

　　　　外来語（パン、カステラ…ポルトガル語、アルコール、レンズ…オランダ語、

　　　　　ガーゼ、カルテ…ドイツ語、ハンカチ、シャツ…英語）

　　　混種語（本棚、野菜サラダ、お子様ランチ）

○世界には約2800の言語があるといわれている。母語として使っている話し手人口で順位をつけると、①中国語②英語③ロシア語④ヒンディ語⑤スペイン語となり、日本語はそれに次ぐ第6位である。

○日本語学習者数（1984～85年、外務省、国際交流基金、文化庁調べ）

　　　海外の日本語学習者数は約58万人、うち約80％をアジアで占め、北米、中南米各約7％、大洋州約5％と続く。国内は約3万5千人で、うち約50％がアジア、約40％が北アメリカの人たちである。海外では81年から84年にかけて倍増している。最近の伸びはさらに目ざましい。

Ⅲ．作文例

　今、日本語の学習が世界各国でブームとなっている。特にアジア諸国の学習熱が高く、海外日本語学習者約58万人（1984～85年）の80％ほどをアジアで占めている。日本国内の日本学校の留学生もアジア人が多く、私の学校の級友も大半が韓国や中国、台湾などの人たちだ。

　よく日本語は難しいと言われる。たしかに学ぶほど難しくなるような気がして、毎日苦労の連続だ。でも、半面でやさしい点もある。それは発音だ。たとえば日本語の母音は5、子音が13か14である。それに対して私の国、韓国のハングルでは母音が21、子音が19もある。発音面から見れば、日本人がハングルを学ぶのよりも、韓国人が日本語を学ぶ方がずっと簡単と言えるだろう。それに、同じ漢字文化圏の国同士という有利な面もある。

　だが、問題は表記法にある。日本語には漢字、ひら仮名、かた仮名、ローマ字という複雑な表記が混ざっていて、読み方が難しい。……（以下略）

Ⅳ．論文の課題

　日本語の特色を、実際に習ってみると苦労していることなど具体的な実感をまじえながらまとめなさい。また、世界の言葉の中での位置づけ、最近の日本語ブームなどにも言及し、今後、日本語が国際語として普及するかどうかも理由づけながら予測しなさい。

　　　　　　　　　　　　　　　　　　　　　　　　　　　　（1000字以内）

3．東京という街 　—事実を表現する—

　1200万人に近い世界第2の人口を有する日本の主都・東京はさまざまな"顔"を持っている。その歴史、人口統計、風土、街の性格などのデータを参考に文章にまとめてみよう。

I．データ

〔人口〕　世界主要都市の人口（万人）　　　　　　首都圏の人口（1985年）

①	上　海	1189	東　京	1183（23区・835）
②	東　京	1183	神奈川	743（横浜・299　川崎・109）
③	北　京	918	埼　玉	586
④	サンパウロ	849	千　葉	515
⑤	ソウル	836	計	3027（全国・12105）

○首都圏には日本人の4人に1人が住んでいる計算になる。

○江戸時代の享保年間（1716—35年）には江戸（現・東京）の人口は100万人を超えていたと見られ、フランスのパリの54万人をしのぎ、世界一と推測される。

○第2次世界大戦に敗戦直後の東京の人口は350万人ほどだったが、2年後には500万人、10年後には800万人に達し、1972年には1000万人を超えている。1976年に1100万人となったが、その後は横バイ状態にある。

〔歴史〕　　○江戸の始まりとされる太田道灌が江戸城を完成したのが1457年。それから500年以上の歴史を有する。実質的に日本の中心となったのは、徳川家康が1603年に江戸幕府を創設してからで、これから数えても東京は400年近く日本の中心で在り続けた。

○東京が日本の首都となったのは明治推新で江戸から東京と改称されてからで、1868年、江戸幕府の15代将軍徳川慶喜が江戸城を出て官軍に明け渡し、城は皇居とされた。翌年、明治天皇が京都から東京に行幸、そのまま在住し、京都へ帰らなかった。しかし、法律上首都が確定したのは、ずっと下って1950年、首都建設法で定められてからだ。

○東京は2回、大災害にあっている。1911年の関東大震災ではマグニチュード8前後の激震に見舞われ、死者9万9000人、行方不明4万3000人、負傷者10万3000人を出したが、その大半は東京の住民だった。第2次世界大戦では計100回の空襲を受け、

被災者は300万人に及んでいる。

〔風土・街〕　　○新宿新都心に象徴される超近代都市としての側面を見せる一方、下町
　　に江戸情緒を色濃く残すなど、東京は昔と今、国際色と日本色とが混在している。
　○東京の中心は23区内、しかもＪＲ山手線の内側とされる。地域ごとにはっきりとし
　　た性格分けがされており、立法、行政、司法の３権は国会のある永田町、中央官庁
　　と最高裁判所などが集まる霞ヶ関という千代田区内の隣接する地区に集中している。
　　その他、赤坂には外国公館などが並び、六本木・原宿は若者のファッションの街、
　　丸ノ内は大手企業のビジネス街、神田は本屋街、お茶の水は学生の街、秋葉原は電
　　気屋街、浅草と日本橋は各種の問屋街としてそれぞれ有名だ。
　○東京湾に向かって幾筋もの台地が張り出すという地形から、東京は坂の多い街でも
　　ある。また、湾に近い東南側地区は下町、西側は山の手と性格分けされ、下町には
　　上野や浅草など古い情緒の街があり、山の手には田園調布や世田谷など超高級住宅
　　地がある。
　○首都圏への過度の人口集中により、最近は地価の高騰が激しく、都心の商業地では
　　ビルの高層化などの再開発が急激に進められている。土地の再編、利用を図るため
　　の地上げ屋の暗躍なども社会問題化している。
　○その他のトピックとしては、都庁の丸ノ内から新宿への移転計画、東京湾埋め立て
　　地を再開発する「ウォーター・フロント計画」、世界三大金融市場のひとつとなっ
　　た東京市場とそれに伴う国際化や、演劇・音楽・美術など文化、娯楽面の話題もに
　　ぎやかだ。
　以上のデータを理解したうえで、次の質問に答えてみよう。

Ⅱ．質問

1．あなたは東京（あるいは首都圏）のどの地域に住んでいますか。そして、その地域
　　はどんな性格を持っていますか。首都圏以外の人は東京のどこを訪ねたことがあり
　　ますか。
2．東京の初印象はどんなものでしたか。その後、印象は変わりましたか。
3．東京のどこに魅力を感じますか。
4．東京のどんな点が嫌いですか。
5．自分の国の都会と比べて東京が大きく異なるのはどんな点ですか。

6．東京の住み心地はいいですか。良い、あるいは悪い、その理由は何ですか。

7．東京にこんなに人口が集中したのはどうしてだと思いますか。

8．人口集中の弊害がどんな所に現れていると思いますか。そのための対策としてどんなことが考えられているでしょう。

Ⅲ．関連語句

皇居　行幸　マグニチュード　空襲　超近代　江戸情緒　性格分け　立法　行政　司法
公館　ファッション　ビジネス　問屋　幾筋　台地　過度　地価　高騰　横バイ　高層
化　再開発　急激　再編　地上げ(屋)　暗躍　社会問題(化)　都庁　移転　埋め立て
(地)　金融市場　国際化　創設(する)　　しのぐ　達す　有する　改称する　明け渡す
見舞われる　混在する　隣接する　張り出す　及ぶ

Ⅳ．作文例

　東京は世界で１、２を争う大都市です。江戸幕府が開かれてから今日まで400年近くも日本の中心都市で在り続けている伝統のある街でもあります。江戸時代にすでに人口が100万人を超えて当時の世界１の大都市だったそうで、びっくりします。

　今は1200万人に近く、近隣の県も含めた首都圏の人口はなんと3000万人に達し、日本人の４人に１人がこの地域に住んでいる計算になります。国土が狭いという日本の特殊事情が関係しているのでしょうが、この人口集中の一事だけを見ても、東京には日本そのものが詰まっていると言えるでしょう。そして、事実、東京には古い寺社や伝統芸能といった昔のものが残される一方で、超高層ビルやさまざまな国の人間の顔が見られるなど近代的な面もあふれています。（以下略）

Ⅴ．論文の課題

　上のデータと説明文の理解、質問への回答を通じて、自分なりの“東京像”を描いてみよう。あなたが最も興味をもった部分に焦点を当て、東京がどんな都市であるかを紹介しなさい。その際、事実の説明だけでなく、それに関係づけて自分自身の体験や実感も述べなさい。（800〜1000字）

4. 日本の子供人口　—統計資料を論ずる—

Ⅰ. データ　①総務庁推計（1988年4月1日現在）

＊15歳未満
男　1249万人
女　1188万人
計　2437万人（対前年比72万人減）

総人口比　19.9％（対前年比0.7％のダウンで初めて20％を割った）

○総務庁は大正9年（1920年）以来、毎年この推計を発表している。

（ただし昭和16—18年はデータがない）

○15歳未満者を年齢別に見ると、第2次ベビーブーム期の最後に当たる14歳が205万人で最も多く、以下、年齢順に減って、0歳児は134万人。

＊15歳未満者の総人口比推移

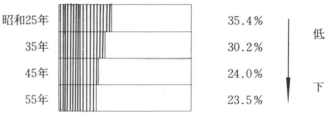

昭和25年	35.4％
35年	30.2％
45年	24.0％
55年	23.5％

低
↓
下

＊65歳以上の老年人口の対総人口比

1988年4月1日現在　11.1％

○この比率は1950年（昭和25年）の4.9％から徐々に上昇している。

②厚生省人口問題研究所推計

○1995年（昭和70年）には

15歳未満の年少人口が総人口の17.6％
65歳以上の老年人口が総人口の14.1％
になると予想されている。

○現在の「年少人口指数」（15歳から64歳までの生産年齢人口百人で何人の子供を扶養するかを示す）は、28.9で、生産年齢人口の約3.5人で1人の子供を養っている計算となる。

Ⅱ．関連語句

指数　対比　順次　年齢(性／国)別　年少者　高齢者　高齢化社会　扶養(能力／義務)　負担　生産性　福祉　就業　失業　先進国　開発途上国　(逆)ピラミッド型人口構成　生きがい　ベビーブーム　バラ色　灰色　ダウン(する)　減少(する)　アップ(する)　増加(する)　推計(する／される)　予測(する／される)　憂慮(する／される)　楽観的　悲観的　減る　増える　割る　超える　下回る　上回る　見通しを立てる　肩にかかる　〜によると　〜では

Ⅲ．言い回し・文型

　1．〜を割る

　　　　a．15歳未満の年少者の総人口比は今年の推計で初めて20％を割った。

　　　　b．参加申し込み者が定員の半分を割るようなら流会とします。

　2．〜が憂慮される

　　　　a．21世紀の日本は高齢化会社の伸展に伴う弊害が憂慮される。

　　　　b．こんな成績では将来が憂慮される。

　　トピック

1．日本の人口構成はどんな傾向にありますか。

2．それは望ましいことですか、困ったことですか。長所、短所を考えなさい。

3．高齢化社会に向けて行政はどんな対策を考えていますか。

4．民間のビジネスでは高齢化社会に対応するどんな動きが見られますか。

5．なぜ、子供が少なくなっているのでしょう。

6．世界の国を類型化すると人口構成にどんな特色が見られますか。

Ⅳ．論文の課題

　〔日本の子供人口〕について統計数字を紹介し、次にこのデータがどんなことを意味し、将来どういう事態が予測され、そのために現在どんな対策や対応がなされようとしているかをまとめなさい。（800〜1000字）

データ紹介　──→　その意味の検討　──→　将来予測　──→　対策

5．おもちゃ輸入時代　―統計資料を論ずる―

　下の二つのグラフ（1988年5月9日付朝日新聞夕刊より）を見て、どんなことが分かるか考えてみよう。

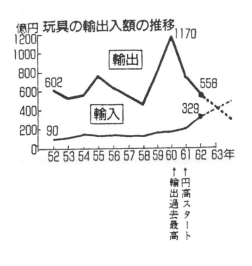

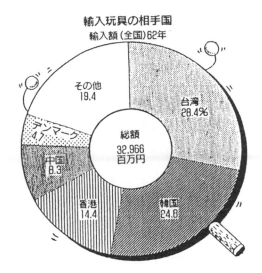

〈これまでの流れ〉

　1．日本のおもちゃは米国向けを中心に国際市場で強い競争力を持ってきた。

　2．昭和60年秋からの円高で輸出が激減した。

　3．同63年1、2月の統計では輸入額が輸出額を上回った。（輸入額41億8900万円、
　　　輸出額41億4000万円）

〈輸出減少、輸入増加の理由〉

　1．円高のため、国内大手メーカーが生産拠点を、人件費などの安い東南アジアな
　　　どに移している。例えば、バンダイは中国に続き、タイにも工場を設けた。

　2．おもちゃ問屋が価格の安いアジアNIES（新興工業経済地域）からの輸入を
　　　大幅に増やした。

〈この現象をどう見るか〉

　1．日本玩具協会は「円高以前は輸出と輸入が7対1ぐらいだった。今はバランス
　　　が良くなった。おもちゃはアイデアが決め手の商品で、日本は商品開発力がす
　　　ぐれている。エレクトロニクス技術を用いたハイテク玩具などは今でも国際市
　　　場のリーダーだ」と、強気の姿勢を崩さないでいる。

2．他方で、日本のおもちゃ産業に"かげり"が見えて来たのではないか、と心配する声もある。

I．関連語句

玩具　国際市場　競争力　輸入　輸出　比率　逆転　激減　円高　採算　生産拠点　商品開発（力）　アイデア　エレクトロニクス　ハイテク　リーダー　バランス　メーカー　NIES　決め手　かげり　合理化　独創性　企業努力　現象　背景　見方　品質　勝負　強気　姿勢　崩(す/さない)　〜向け　〜に達する　切り抜ける

II．言い回し・文型

1．〜によると

a．統計によると、初めて輸入が輸出を上回った。

b．天気予報によると、明日は晴れるそうだ。

2．〜が目覚ましい

a．特にNIESの進出が目覚ましい。

b．若者の英会話能力の向上が目覚ましい。

III．作文例

　日本のおもちゃ産業は米国向け輸出を中心にこれまで国際市場で強い競争力を保ってきた。すぐれたアイデアと技術力の向上があったためだが、昭和63年に入ってからはっきりと"かげり"が見えだした。

　日本の玩具輸出額は昭和60年には1170億円と過去最高を記録した。しかし、この年秋からの円高が災いし、激減を続けている。他方、輸入額は年々上昇し続け、63年1、2月の統計によると、輸入が41億8900万円で、41億4000万円の輸出額と逆転した。この傾向はしばらく続くと見られている。

　この逆転の原因は……（以下省略）

IV．論文の課題

　上の資料と説明文から日本のおもちゃ産業が直面している現状を読みとり、その現状と大きな変化の原因、それに対する対策や見方、将来の方向などについてまとめなさい。(800字)

6. 日本の住宅　―統計資料を論ずる―

　かつて欧米から「日本人はウサギ小屋に住んでいる」と言われたことがある。先進国の中でも日本の住宅事情は特に悪いのが実情だ。次の統計資料から日本の住宅についてどんなことが言えるのか、考えてみよう。(資料は『アエラ』88,6,28日号による)

Ⅰ. データ　1. 新設住宅の着工戸数　これまでのベスト3

　　　　①1972年度　　　185万6千戸

　　　　②1973年度　　　176万3千戸

　　　　③1987年度　　　172万9千戸

○1972年には、当時の通産大臣・田中角栄(後に総理大臣)が『日本列島改造論』を発表し、日本全国で開発ブームが巻き起こった。72、73年度の着工戸数が多いのはその影響による。87年度の着工戸数はそれに次ぐ。

　2. 87年度の着工戸数の種類別内訳

貸　家　51.3%	その他 16.1%	持ち家 32.6%

　3. 1戸当たり平均床面積

	貸家	持ち家	全平均
71年度	45.9㎡	96.4㎡	69.6㎡
87年度	45.2㎡	130.6㎡	79.3㎡

○前回の開発ブーム時と比べると、最近は貸家の床面積が狭くなり、他方、持ち家の床面積が大幅に増えていることがわかる。

　4. 新設住宅1戸当たり平均床面積の国際比較(アメリカは84年、他は85年)

　　　　アメリカ　　　135㎡

　　　　スウェーデン　94㎡

　　　　西ドイツ　　　90㎡

　　　　日本　　　　　83㎡

○ここまでのデータでどんなことがわかったか話し合ってみよう。

○雑誌の記事では次のように解説している。(『アエラ』88年6月28日号)

一九八七年度の住宅着工戸数は百七十二戸と、七〇年代前半当時の列島改造ブームに次ぐ史上第三位の盛況だった。「国際居住年」をうたい、内需拡大政策の柱としての優遇税制やカネ余りを背景とした低金利融資を反映したもので、とくに地方都市の増加ぶりが目立った。

住宅着工が増えたのは、アパートなどの貸家が伸び、半分以上を占めたためだ。若年層が「マイホームより借家を」と考え始めたことと、大都市周辺の地主たちが財テクで貸家造りに走った結果だろう。貸家は、投資効率のいい小型ワンルームが多いために、持ち家の平均床面積が上向いているにもかかわらず、全体の着工住宅の平均スペースを下げてしまった。

5．マンション平均価格と対年収倍率

マンション平均価格
東京10キロ圏	8800万円
大阪・同	3100万円
名古屋・同	2300万円

対年収倍率
	〈86年上期〉	〈87年下期〉
東京10キロ圏	6.41倍	14.86倍
大阪・同	——	5.23倍
名古屋・同	——	3.88倍

○東京で住むことは世界で一番高くつくと言われている。みなさんの実感はどうだろう。この事態に一般庶民はどう対処しているのだろう。

II．関連語句

新設住宅　着工　戸数　日本列島改造　開発ブーム　史上　盛況　内需拡大　優遇税制　カネ余り　金利　融資　貸家　持ち家　財テク　投資　床面積　年収　国際水準　地価　高騰　急騰　購入　資金　ウサギ小屋　お粗末さ　働きバチ　ワンルーム　マンション

III．論文の課題

　最近は東京の都心などで「地上げ」が社会問題となり、地価高騰が国民の住宅事情にも大きな影響を与えている。実際に日本に住んでみての実感も交じえながら、日本の住宅事情を最近の統計資料をもとに論じなさい。

7．原発論争　―論争、対立意見をまとめる―

Ⅰ．データ

○世界では400基、総出力３億276万８千キロワットの原子力発電（原発）が利用されている。

○日本は世界第４位の原発利用国で、87年末現在で36基、出力合計2804.6キロワットの原発が商業用として稼動している。全発電量に占める原発の割合は約３割に上っている。

○原発の燃料であるU^{235}（ウラン235）１グラムが核分裂すると約２万キロワット時の熱出力となる。石炭の13万分の１の燃料で済む計算という。だが、巨大なエネルギーが得られる半面で、放射能もれの危険、猛毒で核爆弾の原料となる核廃棄物の処分などの難問を抱えこんでもいる。

○全世界に深刻な放射能被害をもたらしたソ連のチェルノブイリ原発事故（1886年４月26日発生）以来、日本国内でも原発の運転、建設をやめよ、という反原発の動きが高まっている。推進側、反対側の主張は以下の通り。

	推 進 側	反 対 側
チェルノブイリ事故をどう見るか	○日本の原発は炉型が違う（チェルノブイリは黒鉛チャンネル炉、日本は軽水炉） ○運転のミスが事故原因 ○日本の炉には多重防護が施されている	○炉型が違っても起こり得る事故 ○事故を防ぎきる保証はない
核廃棄物について	○安全に貯蔵、処分できる	○猛毒のプルトニウムの半減期は２万４千年。こんなに長期間どのように安全を確保できるのか ○日本は地震が多く、深地層に処分しても危険 ○輸送にも事故などの危険が伴う

コストについて	○建設費は高いが維持費は安い ○石油発電の方が安くなったが石炭よりは安い	○石油ショック以降建設費が急上昇し、110万kw級1基で約5000億円もする ○1基数百～数千億円かかる原子炉の寿命（約30年）後の解体、撤去費用がコストに入ってない
必要性	○石油の代替エネルギーとして大事 ○予備力としての役割がある ○資源小国なので石油や石炭など外国のエネルギーに頼るべきでない（原発は燃料の再生産、再利用が可能）	○全国発電所の認可出力が1億5千万kwなのに87年夏の最大需要は1億1500万kw。差し引き3500万kw余ってる ○狭い国なので大事故が起きれば壊滅的被害が予想される ○軍事転用の恐れがある

世界各国の原発利用の現状（1987年末現在）

	総出力 （万\u{30AD}ﾛﾜｯﾄ）	基数	原発比率 （％）	設備利用率 （％）
アメリカ	9418.6	103	17.7	58.9
フランス	4573.5	48	69.8	59.5
ソ連	3375.3	49	11.2	—
日本	2804.6	36	26.9	77.4
西ドイツ	1991.5	19	31.3	74.9
カナダ	1286.4	18	15.1	71.8
英国	1275.1	38	17.5	53.6
スウェーデン	1005.9	12	45.3	77.1
スペイン	581.5	8	31.2	79.7
韓国	571.5	7	53.1	82.4
ベルギー	570.0	7	66.0	83.3
台湾	514.4	6	48.5	73.3
チェコスロバキア	350.0	8	25.9	—
スイス	307.9	5	38.3	84.7
ブルガリア	276.0	5	28.6	—
フィンランド	240.0	4	36.6	92.3
東ドイツ	228.0	6	10.0	—
南アフリカ	193.0	2	4.5	39.0
ハンガリー	176.0	4	39.2	88.6
インド	123.0	6	2.6	46.6
イタリア	115.2	2	0.1	2.5
アルゼンチン	100.1	2	13.4	67.7
ユーゴスラビア	66.4	1	5.6	77.3
ブラジル	65.7	1	0.5	16.9
オランダ	53.5	2	5.2	75.0
パキスタン	13.7	1	1.0	25.7
合　計	30276.8	400		

（注）　出力と基数は原子力産業会議調べ。原発比率は発電総電力に占める割合で、IAEAによる。設備利用率は、ニュークレオニクスウィークによる。

（88年5月26日付
朝日新聞朝刊より）

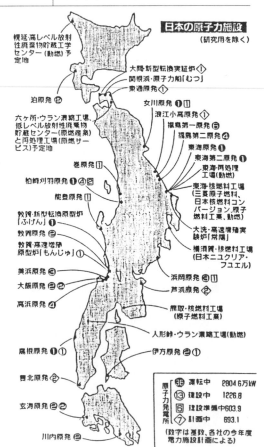

日本の原子力施設（研究用を除く）

Ⅱ. 関連語句

原子力 発電（量） （総/認可）出力 商業用 研究用 原子炉 基 核(分裂／爆弾
／廃棄物) 放射（能／線） 貯蔵 処分 安全 危険 廃炉 半減期 保証 手立て
壊滅的 需要 供給 軍事転用 資源(小国／大国) 代替エネルギー 建設費 維持
費 コスト 神話 難問 稼動(する) 主張(する) 操作(する) 運転(員/する)
確保(する) 解体(する) 撤去(する) 輸送(する)

Ⅲ. 論文の課題

　世界と日本の原子力発電の現状を説明したうえで、なぜ反原発運動が高まってきたのか
を考えなさい。さらに、原発推進側と反対側のそれぞれの主張をわかりやすく紹介して最
後にこうした現状に対する自分の見方も示しなさい。（1000字以内）

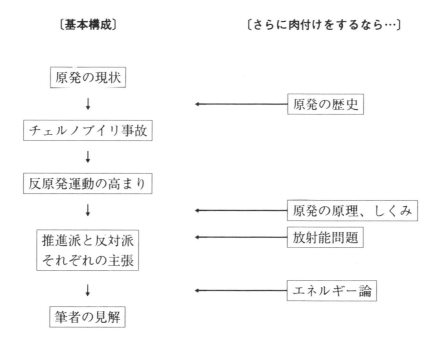

〔基本構成〕　　　　　　　　　〔さらに肉付けをするなら…〕

原発の現状
↓　　　　　　　←　　　　原発の歴史
チェルノブイリ事故
↓
反原発運動の高まり
↓　　　　　　　←　　　　原発の原理、しくみ
推進派と反対派　　　　　←　　　　放射能問題
それぞれの主張
↓　　　　　　　←　　　　エネルギー論
筆者の見解

※上図はひとつの構成例であり、これ以外にもさまざまな組み立てが考えられる。ここ
　では第一段階として、課題指示に従って本テキストに示されたデータのみを用いて作
　文し、次の段階として他のデータを収集、参考にするなどして内容の充実をはかるの
　が良いと思われる。また、構成自体についても論議の対象としてもよいだろう。

8．外国人労働者問題　―論争、対立意見をまとめる―

I．背景

　　円高の急速な進展、日本の経済大国化に伴い、アジア各国を中心とする外国人労働者の日本国内流入が増えて来ている。しかし、日本政府は、外国人労働者の受け入れは、語学教師や技術者など専門的・技術的職種に限り、単純労働者は原則として認めていない。このため、法務省の出入国管理統計によると、1982年に1889人（うち男性184人）だった不法就労による強制送還者は87年には11307人（同4289人）に急増している。しかも実際の不法就労者はこの何倍にも上ると見られ、こうした現実を背景に外国人就労を禁止する「鎖国政策」の見直しを求める声が高まっている。これをめぐる政府、労働界、国民の意見は次の通りだ。

〈政府〉

　　法務省、労働省とも「専門的・技術的職種については受け入れを緩和し、土木作業員など単純労働者については現行通り原則禁止」で大筋は意見が一致している。

　　しかし、労働省の外国人労働者問題研究会は「雇用許可制度」の導入を提言し、これに対して外国人の入国、在留を一元管理している法務省は猛反発している。

　　雇用許可制度は、外国人を雇う事業主に労働省が一定の条件や期限をつけて雇用許可を与え、無許可事業主に罰則を科す制度。

　　一方、アジア各国への配慮を重視する外務省は、中長期的には単純労働者も段階的に受け入れる方向で、国内体制を整備していく必要がある、との態度だ。

〈労働界〉

　　全日本民間労働組連合会（連合）や総評など大手の労働組合は大半が単純労働者の受け入れに反対。「国内の労働市場に与える影響が大きい」「コストダウンのために安い外国人の労働力を使うのは日本人労働者の切り捨て、国際摩擦の拡大、日本経済の破滅につながる」などの理由による。

　　しかし、相談に訪れる外国人労働者と接触している地域労組からは「締め出すだけではアジアの一員としてきちんと対応しているといえるだろうか」との疑問の声も出されている。

〈国民〉

　　総理府は88年2月に全国で20歳以上1万人を対象にアンケート調査をした。

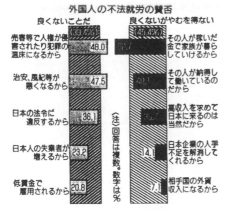

外国人の不法就労の賛否

良くないことだ（39.4%）

売春等で人権が侵害されたり犯罪の温床になるから　48.0
治安、風紀等が悪くなるから　47.5
日本の法令に違反するから　36.1
日本の失業者が増えるから　23.2
低賃金で雇用されるから　20.8

良くないがやむを得ない（45.4%）

その人が稼いだ金で家族が暮らしていけるから　58.7
その人が納得して働いているのだから　40.1
高収入を求めて日本に来るのは当然だから　38.7
日本企業の人手不足を解消してくれるから　14.1
相手国の外貨収入になるから　7.1

（注）回答は複数。数字は％

　その結果は、観光目的の査証（ビザ）で入国してホステスや土木作業員、工員として働いている外国人が増えていることに「良くないがやむを得ない」と45.4％が答え、「良くない」と答えた39.4％を上回り、現状是認の方が多かった。

　現在の政府方針については、「現在の方針を続ける」とした人が24.2％しかおらず、「単純労働者であっても一定の条件や制限をつけて就職を認める」が51.9％に達した。

　　　　　　（以上データは88年7月11日の朝日新聞による）

II．関連語句

円高　進展　経済大国　単純労働　非熟練労働　出入国管理　強制送還　不法就労　鎖国　大筋　雇用　在留　事業主　一元　罰則　配慮　（中／長）期（的）　体制　労働（組合／市場）　切り捨て　摩擦　拡大　破滅　一員　査証　ビザ　ホステス　土木作業員　工員　現状是認　緩和（する）　（猛）反対する　整備（する）　導入（する）　提言（する）　重視（する）　科す　締め出す　急速な　現行通り　一定の　段階的（に）

III．言い回し・文型

1．〜の内部でも意見が分かれている

　　　a．この問題については政府の内部でも省庁間で意見が分かれている。

　　　b．この点は賛成派内部でも意見が分かれるところでしょう。

2．〜（の導入）を提言する。〜に対して反発する

　　　a．労働者は「雇用許可制度」の導入を提言した。

　　　b．それに対して、法務省は強く反発している。

IV．論文の課題

　外国人労働者問題について日本国内ではどのような意見があるのかを、わかりやすくまとめなさい。現行の政府方針に単純に賛成や反対をするだけではない、賛否の中間的意見、態度にも注意し、それぞれの意見がどんな理由によるのかも考えなさい。（1000字以内）

9．温室効果とその対策　—意見を主張する—

　意見を主張したり、何かを提言する文章を書く場合に大事なのは、その文章にどれだけ説得力があるかということだ。その説得力を得るためにさまざまな工夫が必要である。新聞の社説やコラムには次のような論理構成がよく見られる。

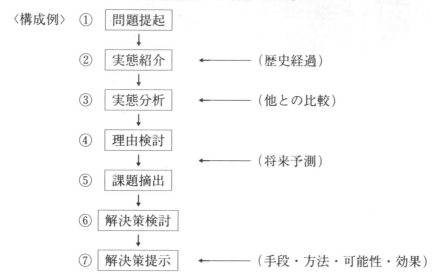

〈構成例〉
① 問題提起
② 実態紹介 ←──── （歴史経過）
③ 実態分析 ←──── （他との比較）
④ 理由検討
⑤ 課題摘出 ←──── （将来予測）
⑥ 解決策検討
⑦ 解決策提示 ←──── （手段・方法・可能性・効果）

　下の文章は1988年7月23日の朝日新聞朝刊『天声人語』で、地球の温室効果について述べている。上の構成例に照らして、各段落がどう構成されているかを考えなさい。

天声人語

　この四十五億年の間に地球上に起こったことを七日間にちぢめてみると、どうなるか。ドミニック・シモネ氏がその著『エコロジー』の中でこう書いている▼地球が生まれたのを月曜の午前零時だとすると、生命の誕生は水曜の正午ごろになる。日曜の午後四時になって、やっと恐竜が現れる。人類の登場はその夜の午前零時三分前という。そしてその新参者が産業革命を始めたのは午前零時の〇・〇二五秒前である▼そのわずかの間に、人類は自然環境を破壊し、農薬をまき、砂漠化を進め、汚染を進行させ、たくさんの動植物の種を絶滅させた、とシモネ氏は告発している▼自然界の均衡を破壊しつつあるものに、噴霧剤などに使われているフロンガスがある。オゾン層破壊の犯人、というだけではなく、最近はこのフロンガスが「地球の温室効果につながりがある」という指摘が盛んだ▼温室効果とは、地球上をおおう炭酸ガスなどが地表や海面からでる熱をためこんでしまう現象で、この百年、地球は一、二度は暖かくなっているという。炭酸ガスだけではなく、どうやらフロンガスも地球の温暖化に手を貸しているらしい▼専門家はそう指摘する。炭酸ガスとフロンガスが今のままふえ続ければ、数十年後に地球の気温は五度上昇する、と。となると、氷河が解け、海面が上昇し、かなりの土地が水没する。雨降りの型にも変動が起こり、中緯度地帯は乾燥し、干害が常になるかもしれない▼フロンガスの生産制限を求める国際条約が締結されたのは、かろうじて、地球の新参者に芽ばえだした危機感によるものだろう。わが国も、この条約に従って、フロンガスを段階的に減らすことにはなった。だが「規制はまだ極めて不十分」という声もある▼「自然の収奪はぎりぎりのところにきています」フロンガスの規制強化を訴える作家の野間宏さんがそういっている。

流れを整理すると次のようになる。

```
シモネ氏の告発  ⟶  温室効果の紹介  ⟶  将来の被害予測  ⟶

規制の現状  ⟶  その是否、効果
```

　これらを前頁の構成例と重ねて検討すると、ほぼ構成例通りの展開になっていることが
わかる。この構成を基本型と考えれば、これを変形させたいろいろな応用例が考えられる。
たとえば、①を抜きにして②の実態から入ってもよいし、⑦の解決策（結論）を一番最初に
出してからその理由を説明する方法をとってもよい。

　①～⑦の段落によく使われる言い回しがある。
　　①こんな～がある　～が問題となっている　～が注目を集めている
　　　～に批判が高まっている　～について考えたい/考えてみよう/検討しよう
　　②実情/実態を紹介すると～　～というのが実態/現状だ　具体例を挙げると～
　　　歴史をさかのぼると～　～といういきさつ/歴史がある
　　③～を分析すると～　～という実態が浮かび上がってくる/浮き彫りにされる
　　④その原因/理由/背景は～だ/だろう/らしい/と思われる
　　⑤～という課題/難問/矛盾を抱えている　～が検討問題だ　～が解決されなければな
　　　らない　～と予想/予測される
　　⑥～をどうすべきか/したらよいか　解決への道を探る/模索する　こんな～はどうか
　　　/どうだろう
　　⑦最善の道/方法は～だ/だろう/かもしれない　～すべきである　～しなくてはなら
　　　ない　～した方がよい　～は検討に値する　～と思う/思われる　～と提案/提言/
　　　主張する・したい

　　練習　上の表現を用いて『天声人語』を書きかえてみよう。（　　　）に適切な表現を入れ
　　　なさい。
　①　今、地球の温室効果が（　　　　　　　　　　　　　　）。
　　　自然界の均衡を破壊するフロンガスが（　　　　　　　　　　　　　）。
　　　地球の温室効果とフロンガスの関係について（　　　　　　　　　　　　　）。

　　　人類は自然破壊し、沢山の動植物の種を絶滅させたとシモネ氏は（　　　　　　）。

②　この百年、地球は 1、2 度は暖かくなっているのが（　　　　　　）。

　　　炭酸ガスだけではなくフロンガスも温暖化に手を貸しているのが（　　　　　　）。

③④⑤

　　　炭酸ガスとフロンガスが今のまま増え続ければ、数十年後に地球の気温は 5 度上昇

　　する と（　　　　　　）。

　　　オゾン層破壊の犯人はフロンガス（　　　　　　）。

　　　気温が上がれば永河が解け、海面が上昇し、かなりの土地が水没するという（

　　）を抱えこむことになる。

　　　中緯度地帯の乾燥化対策が（　　　　　　）。

⑥　対策として、フロンガスを段階的に減らす（　　　　　　）。

　　　国際条約を締結して（　　　　　　）を探っている。

⑦　だが、規制はまだ不十分と（　　　　　　）。

　　　最善の道はフロンガスの使用全面禁止（　　　　　　）。

I. 関連語句

新参者　自然環境　破壊　砂漠化　汚染　種　自然界　均衡　噴霧剤　オゾン層　指摘

炭酸ガス　フロンガス　温暖化　氷河　海面　変動　（低/中/高)緯度　乾燥　干害　生

産制限　国際条約　締結　収奪　水没(する)　常になる　求める　危機感　段階的に

II. 作文例

　最近、地球の温室効果が問題となってきている。炭酸ガスだけでなく、噴霧剤などに広

く使われているフロンガスもその犯人として注目されており、緊急対策の必要性が叫ばれ

ているが、まだ決め手を欠いているのが現状のようだ。

　温室効果は、地球上の炭酸ガスなどが地表や海面から出る熱をためこんで逃がさない現

象で、この100年間に地球は 1 〜 2 度は気温が上昇しているといわれる。（以下略）

III. 論文の課題

　地球の温室効果について自分の意見を文章にまとめなさい。その際、基本構成例を参考

に文章を組み立てなさい。さらに自分の関心のある他のテーマでも意見をまとめなさい。

10. 『簡約日本語』をめぐって　―賛否を論ずる―

　1987年2月、国立国語研究所（野元菊雄所長）は『簡約日本語』作りに3ヶ年計画で着手すると発表した。野元所長は以前から「日本語を国際語として広めるには簡約化が欠かせない」と提言しており、この試みは初めて日本語を学ぶ外国人向けに文法や言葉、文字を思い切って簡略化するもので、「日本語は難しい」とのイメージをなくすのがねらい。簡略化は次の内容を柱としている。

　　1．語尾は「です」「ます」調に統一する。

　　2．動詞の活用は原則として「ます」に連なるものに限る。

　　3．動詞を中心に約1000語を基本使用語とする。

　　4．言葉の意味は1語につき3つまでとする。

　　5．これらの言葉を言い表す範囲で漢字も教える。

　これに対して、作家、学者、日本語教師はもちろん、外国人からも猛批判が寄せられている。その理由は以下の通り。

　　1．外国人に「人工言語」を話させて精神的隔離することになる。すなわち“言語的アパルトヘイト”を作り出すものだ。

　　2．日本語はけっして難しくないし、言葉を習うのは一種の知的挑戦である。その面白さを奪うことになる。

　　3．言語まで規制しようとする政府の姿勢の現れだ。

　　4．言語は元来、自然なもので、母国語話者が社会で生きることで形成される現象である。つまり、生活と文化が一体となったものが言語であり、『簡約日本語』には、ことばが微妙な生命体であるとの判断がない。

　　5．日本語を手直しする必要がある場合、その手直しの主体は日本人全体であり、文部省でも国語研でもない。手直しの目的も第一に日本人のためであるべきで、そういうねらいで手直しすれば結果的に外国人のためになる。

　　6．国際向け日本語と国内用日本語という二種類の日本語を生みだすことになり、混乱を招き、余分な負担を増やす。

　　7．ピジン・イングリッシュのようなピジン・ジャパニーズを作りかねない。（ピジン・イングリッシュとは、イギリス人と中国人との間で商業関係が生まれた

時に、下層の中国人が中国語の文法と英語の語彙を用いて破格の英語を作って
意志疎通を図ろうとしたもの。現在でも一部で使用されているが、これで話す
人はどちらかといえば軽蔑される）

〈例文〉　国立国語研は『北風と太陽』の話で例文を作った。

（通常文）　まず北風が強く吹き始めた。しかし北風が強く吹けば吹くほど、旅人はマン
トにくるまるのだった。遂に北風は彼からマントを脱がせるのをあきらめた。

（簡約文）　まず北の風が強く吹き始めました。しかし北の風が強く吹きますと吹きます
ほど、旅行をします人は、上に着ますものを強く体につけました。とうとう北
の風は彼らから上に着ますものを脱ぎさせますことをやめませんとなりません
でした。

Ⅰ．関連語句

原案　素案　計画案　骨子　概要　原則　基本　規制　統制　ねらい　注目される　予
想／予測される　〜と思う　賛成／反対（する）　賞賛する　図る　発表する　明らかに
する　方針／計画を打ち出す　着手する　検討する　示す　柱とする　〜するべき　〜
ねばならない　〜だろう　〜のはずだ　〜たい　〜が当然だ　〜は確実だ　〜は必至だ
〜と考える　〜しかねない　批判的　〜によると　〜では

Ⅱ．論文の課題

　　『簡約日本語』案の内容とそれに対する批判を十分に理解してから、この案について
あなた自身の賛否を決めなさい。結論が出たら、最初にその結論を示し、次にそう考え
る理由を案の概容紹介を兼ねながら明らかにしなさい。あなた自身の日本語学習体験を
重ね合わせてこの案を検討すると、結論を導きやすいだろう。

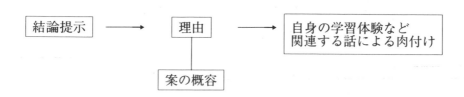

補助トピック（50例）

1. 占い
2. 迷信
3. 私の特技
4. 公害
5. 環境破壊
6. 自然食品・機能食品
7. 自動販売機
8. 子離れ親離れ
9. 私の自叙伝
10. 生涯教育
11. パーティー
12. 心に残る一冊の本
13. 私の出会った最もユニークな人
14. 忘れられない出来事
15. 理想の住居
16. 単身赴任
17. 最近みた映画
18. 得意な料理の紹介
19. 語学修得のコツ
20. 昔話・伝説
21. 各国の教育制度の比較
22. ホームステイ
23. 国際化とは
24. 外国人労働者
25. 国際結婚
26. 私の好きなことわざ
27. 旅館とホテルの比較
28. 都会・田舎生活
29. 駅のアナウンス
30. アルバイトの功罪
31. 高齢化社会
32. 私の母国語とその方言
33. 10年後の私
34. 各国の年中行事
35. 外来語について
36. 天災とその予防対策
37. 各国の文字の比較
38. 日本の宗教
39. 各国の輸出入
40. 音楽・絵画
41. 運転免許と年齢制限
42. 出稼型労働
43. 外国人の友人
44. 独身貴族
45. 離婚・再婚
46. ディンク（収入二倍子供なし）主義
47. 助産夫論争
48. 留学生が日本にのぞむこと
49. 21世紀の生活様式
50. スピーチコンテスト

さくいん

▶編著者代表

富岡　純子（TOMIOKA, SUMIKO）

　青山学院大学英米文学科卒業。国際基督教大学大学院英語教育科修士課程修了。米国ウィスコンシン大学日本語・日本文学講師を勧めるかたわら同大学博士課程修了。六年間の大学講師生活を経て、東大大学院研修生として帰国。朝日カルチャーセンター、東京国際学園講師等を経て、神田外語学院日本語科科長兼主任講師。

小笠原信之（OGAZAWARA, NOBUYUKI）

　北海道大学法学部卒業。14年余の新聞記者生活を経て、フリーランサー。同時に日本語教育にも携わる。著書に『灰になれなかった肺』（記録社）、共著に『消えたエプロン―ルポ父子家庭』（大月書店）、『われらチェルノブイリの虜囚』（三一新書）など。

▶著者

岩附英美子（IWATSUKI, EMIKO）

鹿住　釈子（KAZUMI, SEKIKO）

清成　由子（KIYONARI, YOSHIKO）

島　　恭子（SHIMA, KYOKO）

高岡　サク（TAKAOKA, SAKU）

田中　　誠（TANAKA, MAKOTO）

日本語作文 Ⅱ

定價：180元

1991年（民 80年）　1月初版一刷
2014年（民103年）10月初版五刷
本出版社經行政院新聞局核准登記
登記證字號：局版臺業字1292號

發　行　人：黃　　成　　業
發　行　所：鴻儒堂出版社
門 市 地 址：台北市漢口街一段35號３樓
電　　　話：02-2311-3810 ／ 傳真：02-2331-7986
管　理　部：台北市懷寧街８巷７號
電　　　話：02-2311-3823 ／ 傳真：02-2361-2334
郵 政 劃 撥：０１５５３００１
E - m a i l：hjt903@ms25.hinet.net

Copyright©1990 by Senmon kyoiku Publishing Co.,Ltd. (Tokyo, Japan)
「日本語作文Ⅱ」由（日本）專門教育出版授權在中華民國印行，並在台灣及香港地區發售

鴻儒堂出版社設有網頁，歡迎多加利用
網址：http://www.hjtbook.com.tw